몬스터 시티

차례

1장. 접신 5p

2장. 용신들 17p

3장. 아홉 용의 산 59p

4장. 한여름 밤 79p

5장. 악몽 117p

6장. 몬스터 시티 149p

7장. 판타스틱 163p

작가의 말 178p

# 1장. 접신

화창한 여름날.
 흰색 여름 양복에 모자까지 갖춰 입은 노신사가 산동네 언덕길을 걸어 올라간다.
 발걸음을 옮길 때마다 텅 빈 골목에 울리는 구두 소리. 재건축 직전인 듯, 전부 인적 없이 빈집들이다. 한낮의 열기로 아지랑이가 피어오르고 있다.
 더는 힘든 듯, 멈춰서 숨을 몰아쉬는 노신사. 그의 시선으로 펄럭대는 붉은 깃발이 보인다. 자세히 보면, 천신선녀라고 적혀있는 모습. 사람이 사는 것 같은 판잣집이 있다.

 대문을 열고 안으로 들어서는 노신사.
 볕이 잘 드는, 중정 형태의 마당이 있다.
 한쪽 건조대에 널린 빨랫감을 보며 살짝 표정을 찡그린다. 시선 정면의 드리워진 발 너머, 미닫이문이 활짝열린 방 안의 실루엣이 보인다. 어른거리는 사람 그림자. 마당에 선 채 인사를 건네려고 머뭇거리는 찰나,
 "올라오느라 수고 했네. 들어와~"
 기다리고 있었던 듯한 여자의 목소리가 들려온다.

 온통 고색창연한 그림으로 도배된 벽.
 제법 영험한 분위기다. 방을 둘러보며 찬찬이 고개를 끄덕이면, 책상 너머 그런 노신사를 바라보는 천신선녀가 눈웃음을 짓는다. 나이를 가늠하기 힘든 매끈한 얼굴. 색동저고리를 입은 전형적인 무당의 모습. 이상하게 눈이 빛난다.

"내 얘기, 아는 사람한테 듣고 왔지?"
 대뜸 천신선녀가 묻는다.
"역시... 말씀 많이 들었습니다."
 미심쩍다는 표정으로 노려보는 천신선녀. 노신사가 아랑곳하지 않는다.
"앞으로 제가 어떻게 될지. 뭘 조심해야 하는지. 그런 걸 알고 싶어서 찾아왔습니다."
 노신사의 얼굴을 한동안 유심히 살피는 천신선녀. 마침내 뭔가 알아내기라도 한 듯, 무릎을 탁 친다.

"사람이 잘 따라. 돈, 권력, 명예가 제 발로 찾아오고. 건강도 문제없고. 자손 대대로 풍족하게 살겠는데, 보니까~ 니 자신도 어쩔 수 없는 문제가 하나 있네."
"저한테 문제가 있다고요? 그게 뭔데요?"
 노신사의 눈이 동그래졌다.
"난, 니가 처음 여기 들어올 때부터 그것만 보였는데?"
 미간부분을 응시하는 천신선녀. 그대로 돌이라도 된 듯, 미동도 하지 않는다.
"...하하하하하~"
 시선을 마주 보던 노신사가 갑자기 웃음을 터트린다.
"소문대로, 정말 대단하시네요~ 저희 집에서 식사라도 대접하고 싶은데, 시간 되시면 같이 가시죠."
 저 말은, 돈과 권력이 있는 큰손들이 사적인 부탁을 하고 싶을 때 하는 소리다.
"고맙네만, 그럴 수가 없네. 이 동네에서 날 쫓아내려고 안

달이 난 놈들 때문에 집을 지키고 있어야 해~"
 오늘 아침도 다녀간 재개발 건설사 놈들을 떠올리며 찡그리는 천신선녀. 무허가 건물에 살고 있다며, 자신을 쫓아내려고 몇 달째 매일 찾아와 들볶는다. 1년 치 월세 정도의 보상금을 줄 테니 나가라는 그들. 그 말대로 하면, 얼마 못 가 노숙자가 될 판이다. 그래서 끝까지 버티기로 해버렸다. 갈 데가 없다.
 기억조차 없는 어린 시절. 신내림을 받고 이 집에 홀연히 흘러들어 무녀의 삶을 살아온 그녀. 이 집에서 내쫓긴다는 건, 뿌리가 뽑혀 죽는 거나 마찬가지다.
 갑자기 자리에서 일어서는 노신사. 명함을 하나 건넨다.
 "그건 걱정하지 않으셔도 됩니다. 제가 그놈들을 잘 아니까요. 선생님이 제 친구들 점도 봐주시면 혹시 알아요? 좋은 일이 생길지~"

'왕국건설 회장 이팔복'

 명함을 확인한 천신선녀의 표정이 굳는다. 지금 자신의 눈앞에 선 이자가 바로 재개발 건설사의 총수다.
 갈수록 힘들게 하는 상황에 지쳐가던 천신선녀. 자신에게 호의를 보이는 건설사 회장을 보며, 잘만하면 이 자리에 세워질 아파트의 한자리 정도는 내 줄지도 모른다는 생각이 머릿속에 파고든다...

*

 북한산 자락이 보이는 곳.
 속도를 늦춰 주택가 골목길로 접어드는 고급차 한 대. 차에 탄 천신선녀의 시선에, 성벽을 연상시키는 높은 담이 보인다.
 '하늘에서 보면 담장 너머가 다 훤하게 보일 텐데...'라는 생각을 하는 순간, 담장의 한 면이 위쪽으로 들어 올려지기 시작한다. 주차장 문이다.
 차고 안으로 들어서면, 널찍한 차고가 이미 스포츠카와 SUV들로 가득 찬 상태. 손님들이 와 있는 모양이다.

 이회장을 따라 집 정원에 들어서는 천신선녀.
 멋들어진 조경수들의 모습. 그 너머 그림처럼 버티고 선 유럽풍 저택까지, 그야말로 갑부의 집이다.
 야외 테이블에 둘러앉아 떠들고 있는 한 무리의 사람들. 가까이 다가가면, 알아보고 하던 걸 멈춘다.
 "다 모였네~ 인사해. 이쪽이 내가 말했던 천신선녀님이야."
 "용한 거 맞아?"
 "생각했던 거랑은 많이 다른..."
 천신선녀를 위아래로 훑으며 수군대는 사람들. 무당의 알록달록한 저고리가, 그들이 차려입은 여름 리조트 복장과는 애초에 전혀 어울리지 않는다.

애써 미소를 지어 보이는 천신선녀. 먼저 묵례한다.

*

초에 불을 붙이고 자리에 앉는 천신선녀.
"이 안에 있는 건, 전설 속 위대한 주술사의 신체 일부다."
품속에서 작은 상자 하나를 꺼낸 천신선녀가 일행을 향해 말한다.
멀뚱히 쳐다보는 일행. 누구 하나 말을 꺼내지 않는다.
"난 이걸 통해서 그분과 대화할 수 있다. 원하시는 분이 있다면 내 특별히 연결시켜 드리지."
"영원히 살게 해달라고 부탁할 수 있어요?"
말이 끝내자마자 놀리는 듯한 소리.
한바탕 웃어넘기는 일행. 자기들끼리로 돌아가 다시 이야기꽃을 피우기 시작한다.
"뭐야, 별로 관심들이 없군. 할 수 없지. 여보~ 여기 손님 좀 챙겨주세요~"
옆의 부인에게 말하고 자기도 끼어드는 이회장. 천신선녀가 벙찐 표정으로 이들을 바라보고 있는데, 따라오라는 손짓을 하는 부인. 먼저 집 쪽을 향해 가는 부인의 뒤를 따라간다...

뷔페처럼 풍성하게 차려진 점심상.

부인이 인사를 하고 자리를 비키면, 음식을 손으로 집어먹기 시작하는 천신선녀. 근 한 달 만의 식사다운 식사다.
 음식에 시선을 고정한 채, 맹렬한 기세로 먹는다.

 재개발이 확정된 지 삼 개월째. 모두 다 떠나고 마지막 남은 한 집이 된 천신선녀.
 전화도, 전기도, 수도도 다 끊기고, 이제는 손님의 발길도 끊겼다. 동네가 이 지경이다 보니, 없어졌다고 생각한 것이 틀림없다. 손님에게 받는 복채로 꾸리던 생활이기에, 최근에는 하루 한 끼 먹기도 어렵다. 집을 비우면 어떻게 될 지 몰라 밤이 되어야 먹을 걸 얻으러 아래 동네에 다녀오는 생활을 하고 있다.
 몰아치듯 먹기를 문득 멈추는 천신선녀. 주머니에서 비닐봉지를 꺼내더니, 고기와 반찬을 쓸어 담는다.
 마침내 해야 할 걸 다 했다!
 여유를 갖고 부엌이나 구경해볼까...
 초대형 냉장고와 오븐은 기본이고, 조리대가 널찍하다. 선반 서랍을 열면, 종류별로 구비된 각종 요리도구가 가지런히 정리되어 있다. 보고 있는 것만으로도 배부른 느낌이 드는 풍요로운 부엌. 이런 건 바라지도 않는다. 그저 전기 수도만 잘 나오면 되는데... 자신의 처지가 떠오르는 천신선녀. 괜히 기분만 더러워졌다.

 거실로 나가면, 소파에서 기다리던 부인이 일어선다.
 "남편이 오늘 감사했다고 전해드리라고 한 거예요."

봉투를 건네는 부인. 안쪽을 보면, 수표가 있다. 적혀있는 액수가... 무려 천만 원이다.
여태 받아본 복채와는 자릿수가 틀리다.
'부자라더니, 이렇게 큰돈을...!'
갑작스러운 행운에 기분이 날아오르는 천신선녀. 아무리 무녀지만, 이런 자신을 어쩔 수가 없다.

산동네 초입에 멈춰서는 고급차. 천신선녀가 내린다.
익숙한 걸음으로 언덕길을 올라가는 천신선녀. 위쪽에서 한 무리의 건설 인부들이 내려오는 통에 잠시 비켜선다.
어느 순간, 시선에 걸리는 인부들 어깨의 철거용 망치.
저건 설마...
미친 듯이 언덕길을 뛰어오르는 천신선녀. 집이 있던 자리에 도착하면, 부서진 잔해와 흙더미만 수북이 쌓여있다.

"안돼!!!"

뛰어들어가 어딘가의 흙더미를 손으로 파헤치는 천신선녀. 안방이 있던 자리의 바닥이다. 곧이어 드러나는 부서진 나무 사이로 지하실로 향하는 계단이 보인다.

반쯤 무너져 내린 지하실 안.
마침내 요람 바구니를 찾아낸 천신선녀. 눈이 멀어있는 듯한 아기가 있는데... 죽었다.

*

 부서진 밤하늘이 보인다.
 지하실 바닥에 누워 바라보는 천신선녀. 어느 순간, 얼굴에 비치는 환한 달빛. 눈물을 흘리고 있다.
 품속에서 작은 상자를 꺼낸다. 뚜껑을 열어 안에 있던 손톱을 꺼내 잠시 바라보다... 그걸 씹어먹는다.
 저주를 시작하는 천신선녀. 손톱의 주인, 주술사를 부르며 이 세상에 죽음을 내려 달라고 끝없이 외친다.

 '날 부른 자가 너냐.'

 대답이라도 하듯 들리는 누군가의 목소리. 이어, 처음 경험하는 이상한 신탁이 천신선녀의 머릿속에 펼쳐진다.

 궁궐 안 풍경.
 호랑이. 말. 그리고 온몸이 묶인 채인 장정 한 명이 있다.
 갑자기 부풀어 오르기 시작하는 호랑이와 말. 족쇄를 부수더니, 묶여있던 사람에게 빨려 들어가서 하나의 형태로 뭉쳐진다.
 곧이어 모습을 드러내는 몬스터. 말의 다리에 장정의 몸 그리고 호랑이의 머리를 했다.
 주변을 쓱 둘러보는 시선. 메기 머리에 닭의 몸, 토끼 머리에 개의 몸 등... 다른 수많은 몬스터들. 어느 순간, 궁궐을 온통 휘젓기 시작하는 몬스터들. 불길이 치솟고 사람들이 타죽는... 지옥도에 그려져 있을 법한 풍경이다.

눈을 동그랗게 뜬 채 머릿속의 신탁을 보고 있는 천신선녀. 어디선가 까마귀 한 마리가 날아와 근처에 내려앉는다.

이어지는 신탁.
불길이 치솟는 궁궐 위로 나타나는 거대한 용 한 마리.
온갖 몬스터들이 달려들며 한바탕 싸움이 벌어진다.
소용돌이에 휩쓸려 전부 시커먼 구멍 속으로 빨려 들어가는 몬스터들. 숨어서 지켜보던 시선이 돌아보면, 자신을 향해 사람들이 돌을 던지고 있다.
쫓기며 달아나는 다급한 움직임. 어느새 앞은 막다른 절벽이다. 두려움에 떠는 듯, 흔들리는 시선. 순간, 돌에 맞아 절벽 아래로 떨어지면... 암흑이다.

       '너를 내가 쓰겠다.'

차갑게 울리는 목소리. 동시에 천신선녀가 눈을 뜬 시체로 변한다. 몸에서 시커먼 기운이 빠져나와 근처에 있던 까마귀에게로 들어가면, 검은 마기를 내뿜기 시작하는 모습.
어느 순간, 하늘로 날아오른다.

까마귀 아래로 펼쳐진 서울 야경.

빌딩 숲을 지나고, 강을 건너, 어느 공원의 나무 위에 있는 둥지에 내려앉는다.
 자신의 둥지로 돌아왔다.
 몸을 한 번 부르르 떨더니, 움직이지 않는 까마귀. 그대로 점점 소멸하기 시작하고, 동시에 몸 아래쪽에 갓 태어난 새끼 한 마리가 빠져나온다.
 나무 아래쪽, 이 모습을 포착한 길고양이.
 순식간에 줄기를 타고 올라와 둥지 옆에 모습을 드러낸다.
 그대로 달려들기 직전. 새끼가 쏜 검은 기운에 한차례 휘감기는 길고양이. 검은 마기를 뿜는 몬스터가 되어, 새끼의 곁을 지키기 시작한다.

2장. 용신들

어느 동네 피자가게.
 동글동글한 인상의 50대 사장이 오븐에서 큼직한 피자를 꺼낸다. 파인애플과 불고기, 치즈가 듬뿍 어우러진 모습. 커팅기로 순식간에 8등분한 피자를 상자에 담아 카운터 너머로 건네면,
 "이게 정말 마지막이야. 이제부턴 아빠가 뛰어서 갖다주든지 말든지, 알아서 해. 난 진짜 이것만 하고 가니까."
 정색하는 우주. 정체를 알 수 없게하는 더벅머리에, 싸구려 티셔츠를 걸친 통통한 몸. 올해 스무 살이다.
 9살 때 보육원을 탈출한 후 11년째, 저 동그란 사장과 같이 살고 있다. 바짝 말라서 유기견처럼 길거리를 방황하던 꼬마를 거둬줬다. 그렇게 아빠라고 부른다.
 "지금까지 너 하루 종일 놀면서 돈 5만 원 씩 꼬박꼬박 가져간 게 얼마..."
 말하는 동안 또 울리는 가게 전화. 반사적으로 몸을 돌리려던 아빠가 멈칫한다. 요즘 들어 갑자기 이상할 정도로 장사가 잘된다. 해가 서쪽에서 뜰 지경이다.
 "돈값은 다 하고도 남았어~ 벌써 퇴근 시간 한 시간 지났으니까, 이제 나 찾지 마요~"
 "장사 좀 되니까 일을 안 하겠다고? 이런 식으로 할 거야 정말!"
 가는 뒤에 대고 화를 내는 아빠. 우주가 아무소리도 안 들린다는 손짓을 날릴 뿐이다.

시동이 걸린 채 서 있는 스쿠터.
 익숙한 동작으로 피자를 싣고 올라탄다. 핸드폰으로 배달 주소를 찍고 있는데, 화면 위로 툭 떨어지는 물방울.
 고개를 들면, 금방이라도 소나기가 쏟아질 것처럼 하늘에 시커멓게 구름이 낀 모습. 표정을 찌푸린다.
 '오늘 내내 화창했었는데, 왜 하필이면 지금...'

 도로 위를 달리는 우주.
 비 오는 날. 오토바이 배달을 힘들게 하는 것 중에서도 최악은, 헬멧 창 안쪽에 김이 서려 시야가 뿌옇게 가려지는 거다.
 흐릿하게 뭉개진 시야로 차도를 막 가로지르는 형체.
 순간적으로 브레이크를 잡으면, 충돌 직전에 멈춰선다.
 무심하게 계속 길을 가고 있는 행인의 뒷모습. 놀란 가슴을 쓸어내리는 우주. 운이 좋았다.
 원래 주방 일을 하던 우주. 배달로 바꾼 지 1년 됐다. 받는 돈은 두 배가 됐지만, 이런 식으로 목숨 걸린 위기를 넘기는 상황이 일상이 되었다.
 우주의 삶에 유일한 낙은, 매일 밤. 일이 끝난 후 PC방에 가는 것. 이 모든 게 게임비를 벌기 위해 하는 짓이다. 게임을 위해서 산다고 해도 과언이 아니다.

 아파트 앞.
 길 한쪽에 스쿠터를 세우는 우주. 배달통에서 피자 상자를 꺼내 들고 안으로 들어갔다 나오면, 마지막 배달이 끝났다!

언제 그랬냐는 듯, 비가 그치고 갠 하늘.
핸드폰을 확인하면, 밤 10시에서 20분이 지났다.
같이 게임 하기로 한 팀원들은 이미 대타를 구해서 지들끼리 시작했을 것이다. 그래도 간다.
서둘러 스쿠터에 올라타고 다시 출발하는 우주. 하루 중 가장 행복한 시간이 PC방에 있을 때다.
단지를 가로지르는 지름길로 간다. 주변에 사람이 아무도 없는 걸 확인하고 속도를 높이는데...
인도와 차도의 경계석 위를 지나는 순간. 갑자기 바퀴가 미끄러지며 중심을 잃는다!!
바닥에 나동그라지기 직전, 손으로 막는 우주. 갑자기 손에서 '번쩍'하는 광채가 발사되며, 떨어지던 쪽 반대방향으로 튕겨져 날아간다.
공중에서 한 바퀴 돌아 체조 선수처럼 착지까지 하는 우주. 어리둥절하다.
'뭐지?? 방금 내가 뭘...'
전혀 이해되지 않는 상황에 고개를 갸웃거리는 우주. 쓰러진 스쿠터를 일으켜 세워 다시 출발한다.

도로를 달리는 우주의 위쪽, 어디선가 나타난 까마귀 한 마리가 따라간다.

*

'판타지게이트 PC방'

PC방 간판조명이 꺼져있다. 항상 켜져있던건데...
일단 근처에 스쿠터를 세우는 우주. 불길함 속 PC방이 있는 2층으로 계단을 올라가면, 입구가 철문으로 굳게 닫혀있다. 이곳에서 게임을 시작한 중학교 때 이후, 한 번도 닫혀있는 걸 본 적이 없던 문이다.

'그동안 감사했습니다. 오늘로 영업을 마칩니다.'

문 위에 붙어있는 A4지 한 장. 어젯밤, 새로 충전한 20만 원이 떠오른다.
평소와는 다르게 사장님이 직접 자리를 돌아다니며 친절하게 안내했었다. 특별 이벤트라며, 현금으로 하면 충전시간을 두 배 준다고... 가진 돈을 타 털었는데, 당했다.
우주. 자포자기의 심정으로 돌아선다.

*

차고 밖으로 나오는 이회장.
친구들과의 2차 모임을 마치고 집에 돌아왔다.
정원수 사이로 난 길을 따라 걸어간다.

달빛 아래, 이제는 텅 빈 야외 테이블. 앞쪽으로 보이는 저택이 모든 조명이 꺼진 어둠에 잠겨있다.
지붕 위, 자신을 내려다보는 한 무리 까마귀들의 모습.
불길하다.

거실에 들어서면, 소파에 보이는 어둑한 형태.
여보?...
"뭐해요?..."
전기가 나간 듯, 켜지지 않는 조명. 형태를 향해 가까이 다가가면, 시커멓게 타버린 흔적이다!
그때, 2층에서 뭔가가 빠르게 뛰어가는 소리.
거실 한쪽에 있는 백에서 골프채를 하나 꺼내는 이회장.
양손으로 골프채를 단단히 움켜쥔 채, 소리가 들린 2층을 향해 올라간다.

문 틈새로 이상한 푸른 빛이 새어 나오는 광경.
2층 복도의 끝 방이다. 벽을 더듬어 조명 스위치를 누르는 이회장. 이것도 켜지지 않는다.
"거기 누구야!!"
빛을 향해서 다가가며 소리를 질러보는 이회장. 아무런 반응 없이 조용하다.
마침내 빛나는 문 앞에 도착한 이회장. 조심스럽게 방문을 열면, 푸른 빛을 내뿜는 개 모습의 몬스터가 달려든다.
곧바로 목덜미를 물리는 이회장. 마법의 영향에 의해 꼼짝할 수가 없는데, 열린 방 창문으로 날아들어 오는 까마귀

한 마리가 보인다.
 까마귀에서 반 인간의 형태로 변신하며 내려서는 몬스터. 흑요녀다.
 서자마자 손끝에서 검은 마법을 쏘는 흑요녀. 검은 빛줄기가 이회장을 통째로 집어삼킨다.
 다시 까마귀로 변해 훌쩍 날아오르는 흑요녀. 지붕에 앉아있던 다른 까마귀들과 밤하늘로 날아오른다!

 같은시각.
 악몽을 꾸는 듯, 이부자리에서 힘겹게 뒤척이던 백발의 노인이 마침내 몸을 일으킨다. 구룡도사다.
 벽장을 열어 보자기에 싸인 뭔가를 꺼내는 그.
 책상 위로 보자기를 펼치면, 수백 년은 묵었을 두꺼운 책이다.
 촛불에 불을 붙인 후, 자리 잡고 앉아 주문을 외우기 시작하는 구룡도사.
 어느 순간, 책이 저절로 열리더니 스르륵 책장이 넘어가고, 까마귀 그림이 그려진 곳에서 멈춘다.
 알 수 없는 문자로 적힌 설명을 읽기 시작하는 구룡도사.
 "흑요녀가 돌아왔군..."
 심란한 표정으로 책을 덮는다.

*

불꺼진 피자가게.

길가에 스쿠터를 세우고 건물로 들어가는 우주. 그러자 쫓아오던 까마귀도 건물 위로 내려앉는다.

1층에 피자가게가 있는 4층짜리 상가건물. 이곳 4층이 아빠와 우주가 같이 사는 집이다.

다 문을 닫아서 인적이 없는 시간. 2층의 바둑기원, 3층의 만화방을 지나쳐 4층으로 계단을 올라간다.

이 건물의 주인이 바로 아빠다. 가끔 아빠가 도무지 정체를 알 수 없는것 같은 느낌이 들지만, 어떻게 태어났는지도 모르기는 우주도 마찬가지다.

어쨌거나 아빠는 길거리를 떠돌던 우주을 거둬준 천사. 그 사실만 중요할 뿐이다.

현관에 들어서면, 집 안에 흐르는 TV소리. 아빠가 또 TV를 틀어놓고 잠을 자는 모양이다.

언제나 PC방에서 밤새 게임을 한 후, 해뜨기 직전에 돌아와서 잠을 잤었다. 남의 집에 처음 온 것 같은 기분으로 자신의 방으로 들어간다.

침대에 누워 핸드폰 게임을 시작하는 우주. 역시 빠른 속도에 대형 모니터로 하는 PC방 게임의 재미를 따라올 순 없다. 핸드폰을 끈 채 눈을 감고 잠을 청해본다.

우루룩 칩칩~

방 밖에서 나는 것 같은 이상한 소리. 우주의 신경이 곤두선다.

우르르르륵!!

 더욱 또렷하게 들리는 소리.
 마침내 방문을 열면, 주방쪽이다. 가보면, 흐물거리는 젤리덩어리 같은 몬스터에게 아빠가 반쯤 삼켜지고 있다!
 소리의 정체는... 아빠가 지르는 비명이었다.
 '저건... 슬라임 아니야?!'
 생각하는 와중에 눈앞에서 소멸되기 시작하는 아빠. 이럴 때가 아니다.

"뭐하는 거야!!"

 큰 소리에, 우주 쪽으로 돌아서는 슬라임.
 곧바로 우주를 향해 젤리같은 촉수를 뱉는다.
 탄력있게 뻗어나와 몸에 끈처럼 휘감겨드는 촉수. 뜯어 내기위해 손을 뻗으면, 손에서 갑자기 터져나온 빛줄기로 출렁이는 촉수. 그러나 떨쳐내지 못한 채로 사그러든다.
 마침내 우주를 가까이로 끌어당긴 슬라임. 게임에서 보던 것처럼, 순간적으로 몸 전체를 점프해서 우주의 머리쪽부터 통째로 삼키기를 시작한다.
 움직이지 못하게 된 우주. 슬라임의 점액질 액체에 파묻혀 점점 숨이 막혀가는데...

'마법을 써.'

머릿속으로 누군가의 목소리가 들린다.
'마법? 그럼 내 손에서 나온 빛이...?'
직전 상황을 떠올리며 마음으로 자신을 먹고있는 슬라임을 부수는 것에 집중해본다.
그러자 처음 느껴보는 어떤 기운을 느끼는 우주. 동시에 몸이 노란 빛을 발하기 시작하고... 그 힘을 슬라임을 향해 보내는 순간, 또 한 번 밖으로 터져나오는 빛줄기. 이번엔 자신의 몸을 덮고있던 슬라임을 산산조각낸다!
밖으로 풀려나와 막힌 숨을 몰아쉬는 우주.
아빠가 보이지 않는다. 당황한 채로 두리번 거리는데...

"보통 사람은 몬스터에게 먹히게 되면, 이 세상에서 사라져."
우주의 시선으로 처음보는 또래의 소녀. 만화에서 막 나온 듯한 모습으로... 도복을 입고있다.
"누... 누구?"
대답 대신 주방 한쪽의 어두운 그림자를 향해 손을 뻗어 마법을 쏘는 소녀.
그림자가 깨지며, 숨어있던 존재가 드러난다.
인간의 몸에 까마귀의 머리를 한, 기괴한 모습.
"난 별이라고 해. 그리고 저 쪽은 흑요고. 더 자세한 설명은 좀있다 하고, 우선은 여길 벗어나야해. 미안하지만, 실례."

혼란스러운 표정으로 쳐다보는 우주에게 말하곤, 손을 펼쳐 마법을 쏘는 별. 우주의 몸이 떠오르기 시작한다.

보이지 않는 뭔가에 묶인 듯, 발버둥치는 흑요녀. 그 힘에 의해 건물이 무너지기 시작한다.

갈라진 벽 사이로 밖을 향해 훌쩍 날아오르는 별. 손짓에 이끌려 우주도 함께 건물 밖으로 나오면, 곧이어 건물이 완전히 무너져내린다!

공중에 뜬 상태로 얼떨떨 한 채 이 광경을 지켜보는 우주. 또다시 몸이 저절로 어디론가를 향해 움직이는데, 둘러보면 앞장서 날아가고있는 별 쪽이다. 끌려가고 있다.

"잠깐만! 왜, 왜 이래요?"

"지금 상태의 너는 몬스터들을 상대할 수 없어. 이렇게 해야 안전해."

멈춰서서 빠르게 말하는 별.

"알았어요. 내가 갈테니까 끌지 마요."

"잘 따라와."

별이 급한 일이 있는 것처럼 다시 날아간다.

*

어디선가 달콤한 멜로디가 들린다.

아이돌 그룹의 노래. 감미로운 그 소리를 눈을 감은 채 음미하는 미래. 핸드폰 알람 설정이다.
 곡이 끝나고, 눈을 뜨면 보이는 텐트 지붕.
 이 텐트가 미래의 집이다.
 이런 식으로 잠에서 깨는것도 어느덧 2년 째인 미래. 올해 스무 살이다.
 그 전엔 고시원을 전전했고, 그 전전엔 보육원에서...
 지나간 일은 잊고 싶다. 무엇보다 그 지긋지긋한 월세를 벗어났고, 그 돈으로 마침내 가고 싶은 해외여행을 다닐 수 있게 됐다.
 핸드폰을 켜는 미래.
 현재 그녀의 행복인, 며칠 후 출발하는 하와이 행 비행기 표를 다시 한 번 더 확인하고 싶다. 1년 전. 반값 이벤트 세일로 나왔던 걸 오픈 하자마자 구매에 성공한, 살아가는 이유이자 희망이다.

"어?!"
 정신이 번쩍 든 사람처럼 벌떡 일어나 앉는 미래.
 '항공권 취소/환불 안내' 제목의 메일이 와있다. 불길한 기분을 느끼며 제목을 누르는 미래.
 하와이의 한 섬에서 대규모 화산폭발이 일어났고, 그 영향으로 인해 항공권이 취소됐다는 얘기가 써있다.
 '화산이 폭발했다고 왜 항공권이 취소돼야하지? 설마, 그 핑계로 가격을 올려받을려고?...'
 꿈에도 생각하지 못했던 날벼락이다.

지난 1년 간. 오직 하와이 여행만을 생각하며, 호프집 저녁알바에서 뿌득뿌득 견뎌온 온갖 핍박들이 머리에 주마등처럼 스쳐간다. 사실 그 알바비도 가게 장사가 안된다는 핑계로 6개월 째 반 이상 밀려있다.
안좋은 일은 한꺼번에 일어난다는데, 하필이면 오늘이 밀린 알바비를 받기로 한 날이다.
'설마... 알바비를 못받는 건 아니겠지?'
텐트의 지퍼를 열고 밖을 내다보는 미래. 여름 저녁의 평화로운 한강변 풍경. 온통 후끈한 열기가 느껴진다.
이렇게나 좋은 여름이 찾아왔건만, 매일 한통에 마음이 지옥이다.

*

'개인 사정으로 인하여 영업을 종료합니다. 죄송합니다.'

중국집 전단 위에 급하게 휘갈겨 쓴 필체.
큼직한 유리문의 손잡이는 자전거용 버튼식 자물쇠로 단단히 묶여있다.
헬스장이 문을 닫았다...
텐트 생활에 헬스장은 없어서는 안될 존재다. 런닝머신을 뛰며 TV도보고, 핸드폰 충전도하고, 무엇보다 매일 뜨거운 물로 샤워를 할 수 있다.

미리 연락이라도 해준다면 이렇게 뒤통수 맞은 기분이진 않을텐데... 텐트 생활에 완전히 적응했다고 생각했는데, 집없이 떠도는 자신의 처지가 서럽다.

근처 햄버거가게.
기본 세트를 시켜 흡입한 후, 알아 둔 화장실 비번으로 도어락을 열고 들어간다. 세수와 양치를 하고, 옷을 갈아입고, 세면대 거울을 보며 화장을 한다.
좀 강해보이는 붉은색 루즈를 칠한 후 거울에 비친 얼굴을 확인하는 미래. 알바비 받으러 갈 준비가 끝났다.

어둠이 내린 거리.
사람들로 제법 붐비는 먹자골목을 걸어가는 미래.
길 끄트머리에 있는 호프집의 모습이 보이기 시작하는데... 조명이 꺼져있다.
황급히 뛰어가면, 한창 영업할 시간에 불을 끈 채로 문이 잠겨있는 호프집.
핸드폰을 꺼내 사장에게 전화해보면, '전원이 꺼져있어 삐 소리후...' 라는 기계음이 대답한다.

"이 나쁜새끼야!!!~~~"

길거리에 서서 있는힘껏 소리를 지르는 미래. 순간적으로 쾅! 하는 굉음과 함께 미래의 몸에서부터 뻗어나온 푸른 빛줄기가 하늘로 치솟는다. 영문을 모른 채 미래쪽을 보며 웅성이는 행인들.
 갑자기 하늘에서 빗방울이 떨어지기 시작하더니, 곧이어 소나기가 쏟아져 내리기 시작한다.
 비를 피해 흩어져 뛰어가는 사람들.
 그 자리에 선 채 움직이지 않는 미래. 비에 젖은 머리에서 김이 모락모락 피어오른다.
 돌이켜보면 이렇게 가게 문을 닫는건 이미 충분히 예견된 일이었다. 올해 들어서 점점 손님이 줄어 분위기가 썰렁해지더니, 가게에 들어왔다가 다시 나가버리는 사람들이 많아졌다. 한달 전부터는 손님이 너무 없어서 사장한테 미안할 정도였다.
 '다 끝났네...'
 체념하고 돌아서는 미래. 한편으론 이제 더이상 호프집 알바는 안해도 된다는 사실이 후련하다.

*

'잔액 : 2,480,000'

 편의점 CD기 화면에 찍힌 미래의 통장 잔고다.
 미래의 기준으로 500만 원이면 전 세계 어디든 가서 한 달을 살 수 있는 돈이다. 한 달에 42만 원씩 1년을 저축하면 이 돈이 모인다.

그 500만 원에서 부족한 252만 원이라는 액수가 바로 호프집 사장에게 오늘 떼인 돈이다.

출금액에 1만 원을 적고 인출 버튼을 누르는 미래.

매대에서 삼각김밥과 우유를 골라 계산한 후 매장 내 테이블에 자리를 잡는다.

창밖의 지나는 사람들을 보며 오늘의 일용할 양식을 즐기는 미래.

'여행도 못가게 됐는데 뭘하지?'

머릿속에 상념이 시작된다. 매년 알바를 바꿔가며 돈을 모으고, 모은 돈으로 여행을 한다는 게 원래 계획. 여행은 취소당했고, 돈 모으기는 절반 이상을 떼였다. 이런 기분으로 다음 번 여행을 계획하기엔 무리다.

'일을 안하고 있으면 한 달에 최소한 15만 원은 쓰게된다. 1년이면 180만 원인데... 어쩔 수 없이 다시 알바를 시작해야한다. 이번엔 어떤 알바를 해야 할까?...'

매일 페이를 지급받는 일용직 알바가 오히려 차별이 없고 확실하다는 걸 알지만, 어쩐지 꺼려진다.

막막하고 우울한 기분이 된 미래. 이럴때, 자신만의 푸는 방법이 있다.

*

한강 고수부지.

강 둑에 미래가 낚싯대를 드리우고 앉아있다.
누군가 잊어버리고 간 낚시용품으로 낚시하는 맛을 알게 된 미래. 기분이 별로일 때는 낚시가 최고다.
잠깐 비가 쏟아지고 난 후의 더욱 상쾌해진 공기.
낚싯대를 드리운 채, 강 속을 조용히 노니는 물고기들과 교감하며 점점 알 수 없는 행복감에 젖어든다.

'혹시 난 전생에 물고기가 아니었을까?'

물고기로서의 삶에 대해서 상상해보는 미래.
그때, 갑자기 뭔가 낚싯줄을 강하게 끌어당기기 시작한다.
엉겁결에 양손으로 낚싯대를 붙잡고 버티는 상황이 되버린 미래. 당기는 힘에의해 순식간에 강물 속으로 끌려들어간다!

물 속.
물 밖으로 빠져나가기위해 발버둥치며 애쓰는 미래. 어느 순간 움직임을 멈추고 놀란 표정을 짓는다.

'어?! 숨을 쉴 수 있다. 이게 어떻게 된거지??'

뿐만 아니라 마치 물고기가 된 것처럼 몸이 물 속에서 자유롭게 움직인다. 신기해서 이리저리 움직여보는 미래. 어느 순간, 자신을 향해 다가오는 거대한 크기의 뭔가를 발견한다.

가까워지며 드러나는 모습. 크기가 트럭 만한, 메기 몬스터다!
 기겁하는 미래. 방향을 바꿔 빠른 속도로 달아나기 시작하는데... 더 빠르게 다가온 몬스터가 한 입에 미래를 집어삼킨다.

 몬스터의 몸 속.
 사방에서 축축한 생선 내장이 숨 막히게 조여드는 상황. 몸을 움직일 수 없는 상태로 비명을 지를 뿐이다.
 갑자기 몸이 떠오르는 듯 하더니, 다시 몬스터의 몸 밖으로 튀어나오는 미래. 막혔던 숨을 몰아쉬며 보면,
 눈앞의 허공에 빛나는 마법에 붙잡힌 상태의 메기 몬스터가 있다.

'정신을 집중해서, 마법을 써!'

 머릿속에 또렷이 들리는 목소리. 마법을 쓰라고?
 정신을 집중해 보는 미래. 뭔가가 모일 듯 모이지 않는다.
 갑자기 몬스터를 붙잡고있던 마법이 풀리고,
 그 상태에서 펄떡이며 덤벼드는 몬스터를 본 미래.
 순식간에 손끝에서 푸른 마법의 기운이 솟구치기 시작한다. 물줄기 같은 모습의 마법을 한차례 휘두르는 미래.
 순간, 채찍처럼 갈겨진 몬스터가 산산조각난다!
 마치 존재하지 않았던 듯, 말끔히 사라진 몬스터.
 주변을 살피는 미래. 한 쪽 허공에 떠 있는 별과 우주를 발

견한다.

'저들이 혹시 나한테 말을 건 목소리의 주인인가?'

 근처 강둑에 드문드문 보이는 사람들은 이 모든 상황을 전혀 알아채지 못하는 것 같다. 아마 자신이 보이지 않을 거라고 생각하는 미래. 어떻게 된 일인지는 모르지만, 분명 방금 전에 쓴 마법과 연관이 있는 상황이다.

 "큰일났다. 우리가 속았어!"
 "우리라니요? 이제 이 상황에 대해서 설명 좀 해주실래요?"
 둘의 대화는 앞뒤가 맞지 않는다.
 '서로 모르는 사이?!'
 지켜보던 미래가 고개를 갸웃 하는데,
 "지금 그게 중요한게 아니야. 다른 용신이 위험해!"
 소리치더니 앞장서 어디론가로 날아가버리는 별.
 남겨진 우주와 미래가 공중에 뜬 채로 서로를 쳐다본다.
 "저분이 그러는데, 저희가 이 세상을 지키는 용신이래요. 지금 세상이 위험하구요."
 어리둥절한 미래에게 먼저 말을거는 우주. 자신의 손에서 빛줄기를 한 번 쏴보인다. 방금 전, 메기 몬스터를 붙잡고 있던것과 같은 빛줄기. 마력에 붙잡힌 듯, 강 속의 물고기 한 마리가 밖으로 끌어올려진다.
 "혹시, 좀 전에 썼던 마법, 다시 할 수 있어요?"
 놀라서 쳐다보고 있는 미래에게 묻는다.
 아까처럼 눈을 감은 채 마법을 쓰는 상상을 시작하는 미래. 이번엔 될 것 같다...
 뭔가 모여든 기운을 움직여보는 미래. 동시에 강에서 물기둥이 솟아오르기 시작한다!
 "어어어..."
 놀라는 소리에 눈을 뜨면, 한꺼번에 내려앉는 물기둥.
 거대한 파도가 일어나 강둑 사방으로 부딪히는 상황인데... 그 주위에 있는 사람들은 전혀 아무것도 안보이는 것처럼 행동하고 있다.
 "...저도 믿을 수가 없어요. 일단은 뭐가 위험하다니까, 저 사람을 따라가봐야 할 것 같아요."
 자신의 생각을 읽는 듯한 우주의 말. 설득당한 미래가 고개를 끄덕이고, 앞서 날아가고 있는 별의 뒤를 쫓아 날아가기 시작한다.

*

 조심스럽게 신전의 안쪽으로 들어가는 전사들.
 맨 앞, 망토를 두른 마법사 레아. 그 뒤로 검은 갑옷의 흑마기사 고란과 흰 갑옷의 백마기사 카란. 끝에는 갑옷 위로 토끼의 머리를 내밀고있는, 궁중검사 토리다.
 무성하게 자란 덩쿨 식물들이 돌기둥과 천장을 온통 뒤덮은 모습. 수천 년 동안 잊혀진 장소 다운 풍경이다.
 앞장서서 기운을 읽으며 걸어가던 레아가 멈춰선다.

막다른 곳의 굳게 닫힌, 거대한 문 앞이다.
"이 너머에 있어."
전사들을 향해 말하는 레아.
전형을 바꿔 갖추는 전사들. 맨 앞으로 나온 고란. 장검을 양손으로 움켜쥔 채 싸울 채비를 하면, 뒤쪽으로 빠진 레아가 주문을 외운다. 잠시 후, 서서히 열리기 시작하는 문.

정면 단상 위, 머리가 하나 놓여있다.
살아있는 것처럼 움직이는 머리칼. 자세히 보면, 수많은 독사들. 이 머리는... 메두사다!
감았던 눈을 뜨는 메두사. 눈에서 뿜어져 나온 마법의 빛이 달려드는 전사들에게 쏘아진다. 빛에 닿는 순간, 막아선 방패와 함께 돌이되는 고란.
근처에서 검을 든 채로 뛰어들던 카란은, 독사에게 물려 쓰러진다.
그 와중에 메두사의 바로 앞에 다가가 준비된 황동거울을 비추는 토리. 거울에 반사된 자신을 본 순간, 메두사가 돌로 변한다!
"지금이야!!"
사력을 다한 토리의 외침. 동시에 결계의 주머니를 꺼내든 레아가 메두사를 향해 달려나가는데...

움직이려는 강한 의지로 벌떡 몸을 일으키는 루나.
그대로 침대 천장에 머리를 부딪친다.
한동안 머리를 감싸쥔 채로 아파서 끙끙대는 루나. 철재 2

층 침대가 함께 삐걱거린다.
 핸드폰 시간을 확인하면, 알람보다 한시간 반을 더 잤다. 꿈에 소설이 나오는 날엔 깨고싶지 않아서 항상 늦잠을 자게되는 루나. 레아는 루나가 쓰고있는 판타지 소설 주인공이다.
 좀 진정이 된 루나. 건너편의 텅빈 2층 침대를 멍하게 바라본다.
 네 명이 방 하나를 같이 쓰는, 쉐어하우스에 사는 루나. 네 명이 쓰는 방이라서 월세도 1/4이다.
 한 사람당 선착순으로 침대 한 자리, 사물함 한 개가 주어진다. 방 밖의 부엌과 샤워실은 공용으로 쓴다.
 작가가 되기로 결심하고 집을 나온 3년 전 부터, 최소한의 비용으로 살고있는 루나. 그간의 시행착오를 겪으며 찾아낸 안식처가 여기다.

 쉐어하우스에서 지내는 사람들은 대부분 돈없이 상경한 20대다. 아침 일찍 나가서 하루종일 일하고 밤 10시쯤 돌아와 잠만 잔다.
 루나는 이들과 정 반대다. 밤에 일하고 아침 7시쯤에야 돌아오는데, 그래서 루나가 자고 일어난 오후 3시면, 항상 집은 텅 비어있다. 덕분에 집을 혼자서 쓰는 기분이다.
 하루를 시작하는 루나.
 간단히 씻고. 공용 부엌에 준비된 빵과 커피를 먹은 후, 가방을 챙겨 집을 나선다.

*

"죄송하지만, 나가주시겠습니까?"

 들어온 지 한 시간 정도 지난 상황.
 아메리카노 하나를 시켜놓고 혼자서 2시간 이상 있을 경우, 대부분의 카페에서 눈치주기가 시작된다.
 그런데 이렇게 빨리, 직접 면전에 대고 나가라고 하는 건 처음 당하는 상황이다.
 할말을 잊은 채 알바생의 얼굴만 쳐다본다.
 죄지은 건 아니지만, 그렇다고 내세울 것도 없다. 나가라면 나갈 수 밖에.
 꾸벅 인사하고 터덜터덜 가게를 나선다.

 이 곳을 끝으로, 이 동네 반경 3km내에 있는 모든 카페에서 거절당했다. 다른곳을 찾으려면 이제 20분 이상을 걸어가야 한다는 말이다.
 매일 정해진 분량의 작업물을 웹사이트에 올려야 하는 판타지 소설 작가, 루나. 오후 4시부터 저녁 9시까지의 5시간이 작업시간인데... 이렇게 중간에 쫓겨나면, 다른 장소를 찾아서 작업을 계속 해야 한다.
 물론 안 할 수도 있다. 그렇게 되면 어렵게 얻어낸 작가 일과도 작별이고. 독자와의 약속이 생명인, 웹소설이니까.

'이제 어디서 작업을 하지?...'
 스터디카페는 비싸고, 피씨방은 공기가 탁해서 싫고, 도서관은 불편하다...
 갈 곳을 잃은 느낌으로 길가에 멈춰선 루나. 문득, 자신이 완전한 여름 안에 있다는 걸 깨닫는다.

 아파트 단지 안을 빠른 걸음으로 걷는 루나.
 놀이터가 있는 작은 공원이 나타난다. 주변을 살피면... 역시, 벤치가 있다!
 자리를 잡고 앉는 루나.
 가방에서 노트북을 꺼내 무릎 위에 올려놓고 전원을 켠다. 대충 작업을 할 준비가 된 것 같다.
 화면에 띄워져있는 문서창을 클릭해, 계속 이어서 쓴다.
 마법과, 괴물과, 미지의 대륙에서 펼쳐지는 모험.
 판타지 세계의 왕국 - 갈란티아를 지키는 용감한 마법 전사들의 이야기다. 금세 이야기 속으로 빠져들어가는 루나. 머리 속 상상이 키보드를 통해 활자로 표현되고, 소설의 세계가 한 문장씩 만들어진다.
 노래하는 것처럼 흘러가는 소설속 세계. 시간도 따라서 흘러가고... 주변으로 행인들이 지나가고, 해가 저물고, 가로등 조명이 켜진다.

 어느덧 작업 분량을 끝낸 루나. 화면의 업로드 버튼을 누르려는 순간, 노트북의 전원이 꺼진다.
 "안돼!~"

배터리가 완전히 나갔다. 전원을 꼽고 작업하던 카페가 아니라는 사실을 완전히 잊고있었던 루나. 작업 중에 저장 버튼을 누른적이 있는지 기억이 나지 않는다.
 서둘러 노트를 꺼내는 루나. 오늘 썼던 내용을 되돌이켜 적기 시작하는데, 하필이면 노트 위로 새똥이 떨어진다.
 고개를 들어 머리위를 살피면, 나무 위에 앉아있는 비둘기의 형체.
 순간, 루나의 몸에서 터져나가는 새하얀 빛 줄기. 거기에 정통으로 맞은 비둘기가 바닥으로 떨어진다.
 깜짝 놀란 루나. 떨어진 곳으로 달려가보면, 몸통이 하얗게 얼어붙은 비둘기가 눈만 깜박이고 있다.
 다행이야... 뭐였는지는 몰라도 비둘기는 살아있다.
 문득 핸드폰을 확인하면, 알바 출근 시간이 얼마 남지 않은 상황. 지각하면 끝이다!
 황급히 짐을 챙기고 뛰어가는 루나. 하늘을 맴돌던 까마귀 한 마리가 루나의 뒤를 따라가기 시작한다.

 외진 2차선 도로의 갓길을 미친듯이 달리는 루나.
 어둑한 앞쪽으로 3층 높이의, 거대한 창고같은 건물이 보이기 시작한다.
 루나의 야간 알바 근무지, 냉동 물류창고다.
 여기까지 오면 거의 다 왔는데, 마지막 관문이 있다.
 주변에 진동하기 시작하는 참기 힘든 악취. 곧바로 코를 소매로 틀어막은 채 계속 뛰어가는 루나. 발소리를 따라 쇠사슬이 바닥에 끌리는 소리가 나고, 이윽고 수십마리의 개들이 맹렬하게 짖어댄다. 도로 아래쪽, 담장처럼 빽빽히 들어선 나무들 때문에 그 너머에 뭐가 어떻게 있는지 전혀 보이지 않는다. 목숨에 위협이 느껴질 정도.
 이 이상한 지대를 통과해야 마침내 물류창고의 정문이 눈앞에 나타난다. 그렇게, 오늘도 무사히 도착한다.

 근퇴기에 카드를 찍으면, 정확히 출근 시간이다.
 해냈다! 숨에 차 비틀대며 직원 탈의실로 들어간다.

*

 냉동창고 안.
 거대한 창고를 철길처럼 가로지르는 컨베이어 벨트. 냉동상태의 각종 물건들이 올려진 채로, 끊임없이 움직이고 있다. 영하 20도가 유지되는 곳이여서 작업자들은 전부 방한복 차림. 심각한 임무를 수행중인 우주인들 같기도 하다.
 마찬가지로 두꺼운 방한복과 마스크, 장갑을 착용한 채 서 있는 루나. 벨트 위로 지나가는 냉동상태의 육류와 수산물들을 크기에 맞는 박스에 집어넣어 포장한 후, 포장된 물건들이 놓인 또 다른 벨트로 올려놓는 일을 반복하고 있다.
 '삐이이-'
 경고음을 내며 멈춰서는 컨베이어 벨트.
 물건이 밀렸나?... 주위를 둘러보는데, 루나를 제외한 모든 작업자들이 전부 바닥에 쓰러져있다!
 깜짝 놀란 루나. 곧바로 옆에 쓰러진 작업자를 붙잡아 흔들어 보는데, 영혼이라도 빠져나간 것처럼 눈을 뜬채로 멍한 상태. 반응이 없다.
 코를 찌르는 악취에 돌아보면, 입구쪽에서 뭔가의 한 무리가 루나를 바라보고 있다. 현실에서는 불가능한, 말 만한 크기의 개의 모습. 눈이 있어야 할 자리에 검은 빛을 띤 기운이 흘러나오는, 몬스터다.
 '설마 저건 그 길가에 있던...?'
 자신의 몸에서 솟구치기 시작하는 흰 빛깔의 기운. 문득 공원에서 비둘기의 일을 떠올린다. 그대로 눈을 감은채, 몬스터를 향해 손을 뻗는 루나.
 동시에 몬스터들이 일제히 루나를 향에 달려들고,
 어느 순간, 루나의 손끝에서 날카로운 얼음 마법이 날아가 몬스터들을 관통한다!
 마법에서 풀려난 듯, 원래 크기로 줄어든 채 쓰러지는 개들. 정신을 차리면, 깽깽대며 뿔뿔이 달아난다.
 자신의 몸에 흐르는 기운을 찬찬히 살피는 루나. 이번엔 날아오르는 상상을 해보는데...
 갑자기 눈보라 소용돌이가 일어나며 공중으로 날아오른다. 원하는 대로 창고 안을 이리저리 날아다니며 환호하는 루나. 자신의 판타지 소설의 주인공이되어, 마법을 실제로 쓰는 것 같다!
 그때, 갑자기 루나의 몸에 밧줄처럼 칭칭 휘감기는 검은 빛줄기. 그 마력에 몸이 옭아메인 상태로, 공중에서 몸을 움직이지 못하게 된다.
 루나의 시선이 닿는 곳, 한 쪽 구석에 어두운 그림자가 보인다. 누군가 서 있는 것 같은데... 점점 마력의 강도가 세지며 몸을 잡아 뜯기 시작한다. 이대로 계속되면 몸이 찢겨질 거라는 생각이 스친 루나. 온 힘을 끌어모아 자신을 옭아멘 마력과 싸우기 시작한다.

*

 거대한 창고건물 근처에서 멈추는 별.
 "내가 신호를 주면, 마법을 쏘는거야. 할 수 있겠어?"
 뒤따라 도착한 우주와 미래에게 묻는다.
 엉겁결에 고개를 끄덕이면, 손을 뻗은 채 주문을 중얼대는 별. 손끝에 마법 기운이 모이는 듯 싶더니, 그대로 창고를 향해 쏜다!
 그대로 한 쪽 면이 통째로 녹아내리는 창고. 훤히 드러난 안쪽으로, 웬 또래의 여자가 공중에 뜬 채 검은 빛줄기에 휘감겨져 있다.
 '저건 또 뭐야?!...'
 당황한 채 쳐다보는 우주와 미래의 앞으로 나서는 별. 창고 안을 향해 날아 들어간다.

 "살려줘!!~"

별을 알아보고 다급하게 외치는 루나. 동시에 검은 빛줄기가 날아들어 별을 휘감는다.

어떻게 할지 몰라 보고만 있는데...

힘겹게 빛줄기를 뿌리쳐낸 별. 한 쪽 구석의 그림자를 가리키며 우주와 미래를 향해 소리친다.

"저기야! 마법!!~"

별이 말한 대로 마법을 쏘는 일행.

순간, 마법에 맞아 흩어진 그림자로부터 까마귀 한 마리가 드러난다. 순식간에 어딘가로 사라지는 까마귀.

이어 루나의 몸을 휘감았던 검은 빛줄기도 사라지며 풀려난다.

무너져내리기 시작하는 창고. 아래쪽에서 일어나는 상황을 멍하니 바라보고 있는데, 별이 재빨리 루나를 잡아끌어 밖으로 빠져나온다.

그 사이 창고는... 애초에 존재한 적이 없었던 것처럼, 말끔히 사라져버렸다. 우주가 집에서 당했던 것과 똑같은 상황이 또 일어났다.

"다행이다... 조금만 늦었더라면 큰일날뻔 했어..."

루나에게 말하며 가쁜 숨을 내쉬는 별. 이번 건 좀 힘들었던 모양이다.

공중에 뜬 상태에서의 대화. 좀 전의 마법의 힘을 직접 경험한 것 까지... 갑자기 손가락으로 자신의 볼을 꼬집는 루나. 분명한 아픔이 느껴지는게 꿈은 아니다.

"혹시, 이런 거 쓸 줄 아시는 분들이예요?"

자신을 바라보는 일행에게 루나가 한쪽 손을 들어올려 슬쩍 마법의 기운을 써 보인다.
 "능력이 깨어난지 얼마 되지도 않았을텐데, 어떻게 그렇게 능숙하지?"
 별이 놀라워한다.
 "역시!~ 이럴줄 알았어! 난 특별한 존재였던거야!~"
 혼자 신나서 이리저리 춤추듯 날아다니는 루나. 마치 원래 마법 능력자였던 듯한 자연스러운 모습에 우주와 미래가 고개를 갸웃거린다.
 "큰일났다. 화룡의 기운이 사라져서 아무것도 보이지 않아!"
 당연히 별이 말하는 상황을 알지 못하는 일행. 그냥 엉거주춤한 채로 쳐다만 볼 뿐이다.
 "하지만, 이렇게 용신들이 모여있으니, 힘을 모은다면 화룡을 찾아낼 수 있을 거야. 너희 모두의 힘이 필요해. 내 손을 잡아 줘."
 일행에게 손을 내미는 별. 상대가 자신을 이해하지 못한다는 걸 알면서도 당당하다.
 재밌어하는 루나 덕분에 어쩐지 가벼워진 분위기. 공중에 뜬 채로, 한 명 씩 별의 손을 붙잡는다.
 "자 눈을 감고, 너희가 세상을 구하러 이땅에 온 용신이란 걸 믿어야 해. 마음 속 깊이 하나의 용신을 내려달라고 빌어."
 일행이 시키는대로 눈을 감으면, 주문을 웅얼거리기 시작하는 별. 어느 순간, 각자의 몸에서 마법이 빛을 발하기 시작한다.

정신을 집중하던 별의 머릿속에 떠오르기 시작하는 북쪽 용신의 모습. 이어 그가 보고 있는 것들이 전해지기 시작한다. 용신들이 힘을 합쳐 부른 메시지에 응답을 한 것이다.

"간판이... 명동에 있는 건물이야. 점점 생명의 기운이 떨어지고 있어. 이대로면..."
멈추고 눈을 뜨는 별.
"서둘러야 해. 가자."
앞장서서 명동을 향해 날아가기 시작하는 별. 이제는 제법 적응한 듯, 일행이 차분하게 그 뒤를 쫓아간다.

*

'xxxx-xxxx-010 의문대임'

어둠 속의 시선이 창문 현수막에 적힌 문구를 보고있다.
여기는 명동에 있는 한 상가건물. 용기가 일하는 부동산에서 관리중인 공실이다.
온통 후덥지근 한데, 침낭을 끝까지 덮어쓰고 누워있는 용기. 아까 전부터 눈은 뜨고있지만, 몸이 움직이지 않는다. 감기기운이 심해져서 오후내내 여기서 이 상태로 쓰러져있었다.
아침 9시부터 저녁 6시까지는 부동산 중개인으로 일하고,

저녁 7시부터 밤 12시 까지는 명동 거리에 가판대를 놓고 핫도그 장사를 하는 용기. 끝나면, 이런 공실 중 한 곳에서 아침 8시까지 자는 일과다.
 용기가 이렇게 열심히 사는 이유는, 살고 싶어서다.
 3년 전, 고등학교를 뛰쳐나와 무작정 길거리 생활을 시작한 용기. 이 노력으로 노숙생활도 벗어났고, 어느정도 돈도 모았다.

 '6월이니까, 이쯤이면 저녁 7시 반이 넘었겠지... 이제 장사하러 가야되는데...'
 끈질기게 맴도는 생각에 몸을 움직이기 시작하는 용기. 침낭 안에서 손을 더듬어 핸드폰을 꺼낸다.
 얼굴 쪽으로 끌어당겨 화면을 확인하면, 경기가 안좋은지 이시간이 되도록 전화 한 통이 없다.
 오늘같이 몸이 이지경인 날은 하루 쉬어야 하는데, 매일 하루도 빼지 않고 장사를 하겠다고 스스로에게 약속했다.
 침낭의 지퍼를 열고 아침에 사둔 감기약을 꺼내 먹는다. 안간힘을 다해 겨우 자리에서 일어나면, 비틀거리며 공실을 나선다.

 골목길을 걸어가는 용기.
 저녁장사 재료를 맡겨놓은 근처 갈비집을 향해 가는 중이다. 거리를 떠돌던 용기를 받아준 곳. 가게 일을 도우며 장사를 배웠고, 검정고시를 통과해서 부동산 사무실에 취직도 할 수 있었다. 용기라는 이름도 여기서 지었다.

핫도그 가판대로 독립하고 싶다고 하자 이것저것 도와준 갈비집 사장님은, 살아갈 용기를 주신 은사님이다.
 왠일인지 조명이 꺼져있는 갈비집.
 가까이 가보면, 잠겨있는 유리문 안쪽으로 엉망으로 흩어진 실내 모습. 폭풍이 휩쓸고 지나간 것 같은 풍경이다.
 이 동네에서 오랫동안 장사하던 집인데... 이렇게 된 걸 보면 그동안 빚을 져 왔던게 분명하다.
 오늘 장사는 안해도 된다. 몸을 가누며 서있기조차 힘든 지금 상태에선, 이 생각밖에 안 난다.

 공실로 돌아온 용기.
 온몸이 식은 땀으로 젖어있다. 기침을 심하게 하다가 구역질을 한 번 하자, 몸에 남아있던 마지막 기운이 사라진다.
 바닥에 쓰러진다.
 이상하게 편안하게 느껴지는 모든 것들. 방금 전 까지의 괴로움이 거짓말 처럼 어디론가 사라졌다.
 점점 눈이 감기기 시작하는 용기. 그대로 잠으로 빠져든다.

*

 명동 뒷골목.
 어느 4층짜리 상가건물 앞에 내려앉는 일행. 유리창 이곳저곳에 임대 현수막이 붙어있는 모습.
"여기야."
손을 뻗은 채 주문을 외우는 별. 손끝에서 나온 마법의 기운이 건물 전체를 뒤덮는다.
"보호 결계야. 이러면 안전해."
신기하게 쳐다보는 일행에게 설명하는 별. 앞장서 건물로 들어간다.

건물을 한 층씩 샅샅이 뒤지며 용신을 찾는 별. 손짓 한 번으로 잠긴 문이 열리는 모습에 감탄한다.
별을 흉내내서 문열기를 시도하는 루나.
손끝에서 나간 마법의 기운이 문을 꽁꽁 얼려 버릴 뿐이다...

마지막 4층.
빈 공실의 문이 열리면, 바닥에 쓰러져있는 또래의 남자애가 하나 있다.
"화룡을 찾았어!"
황급히 다가가서 상태를 살피면, 숨이 끊어지기 직전이다!
서둘러 품 안에서 주머니를 꺼내는 별.
안에서 초록빛 잎사귀를 꺼내 용신의 입에 집어넣으면, 하얗게 핏기가 빠졌던 얼굴에 조금씩 화색이 돌아오기 시작한다.

*

 용기의 환상.
 거실 마루에 맨발로 서 있다. 발을 통해 전해지는 정갈하고 차분한 감촉. 천천히 걸어서 발코니쪽으로 나가면, 한강이 펼쳐진 멋진 뷰다. 이곳은 용기의 드림 하우스다.
 화창한 여름 날씨의 푸른 하늘과 산뜻한 경치. 저절로 마음이 환~해진다. 난간에 기댄채로 잠시 눈을 감고 한껏 공기를 들이마신다.
 "내가 해냈어!!~"
 주체할 수 없는 기쁨에 소리치는 용기. 이런 집에 사는 사람은, 그 어떤것을 원하더라도 전부 다 이뤄낼 수 있을거라고 상상만 하던 집이다. 그 집에서 살게 된 것이다!
 상상했던대로, 이 세상을 다 가진 것 같은 기분이다.
 의자에 앉아 팔베개를 한 채 편안히 경치를 감상하는데...
 어느 순간, 먼 곳이 어둑해지기 시작하더니 점점 소용돌이치며 번져가는 어둠. 주변을 삼키며 자신을 향해 몰려온다.

 "안돼!!!"
 소리지르며 벌떡 몸을 일으키는 용기. 처음 보는 존재들이 자신을 둘러싼 채 내려다보고 있다.
 "누, 누구세요?"
 제일 가까이 있는, 웬 도복 차림을 한 여자애한테 묻는다.
 "살려준 사람. 생명초를 먹은 소감이 어때?"

그 말에, 몸이 아프지 않다는 사실을 알아차리는 용기. 기분이 날아갈 듯 상쾌하다.
 "넌 이제 죽기 전까진 어떤 병에도 걸리지 않을거야~"
 믿기지 않는다는 듯, 이곳저곳 몸을 만지고있는 용기에게 말한다.
 "감사... 합니다. 근데 왜 저를 도와주세요?"
 얼떨떨한 표정으로 묻는다.
 "내 말이. 저 분이 우리 셋도 살려줬어~"
 우주와 루나를 가리키며 끼어드는 미래.
 "급한 일 끝나셨으면, 이게 도대체 무슨 일인지 저희들이 알아듣게 설명좀 해 주세요."
 "말했다시피 너희는 용신들이야. 이 세상을 지키는게 임무고. 내가 아는것도 그것 뿐이야."
 별이 일행을 바라보며 차분하게 대답한다.
 "알겠는데~ 난 이제 돌아 갈 곳도 없어요. 아빠는 잡아먹히고, 그쪽이 부숴놔서 집도 없어졌다고요. 어떻게 하실 거에요?"
 "미안한데, 너희는 이제부터는 용신으로 살아야 해. 나를 만나는 순간, 지금까지 살아온 삶은 끝났어. 난 너희를 도사님께 무사히 데려가는 임무를 맡았어. 거절한다면 강제로 끌고 갈 수밖에 없고."
 말을 마치고 일행을 똑바로 쳐다보는 별. 지금으로선 별의 상대가 되지 않을 건 분명하다. 아무도 대꾸를 하지 않자, 마법을 걸어 용기를 공중으로 떠오르게 하는 별.
 용기의 눈이 휘둥그래진다.

"다 모였으니까, 앞으로 지낼 곳으로 이동하자. 다들 날 따라와."
 마법으로 눈앞의 벽을 뚫는 별. 건물 밖을 향해 훌쩍 날아오르면, 나머지 일행이 그 뒤를 쫓아간다.

*

 서울 외곽의 어느 산자락.
 달빛 아래로 각종 고철들이 미로처럼 쌓여있는 고물상의 모습. 크기가 대학 캠퍼스 만하다.
 앞장서 날아가던 별. 고물상을 향해 내려가기 시작한다.
 길과 가까운 출입구 근처의 조립식 판넬 건물로 향하더니, 2층으로 일행을 안내한다.

 안방인 듯한 문을 노크하는 별.
 방문을 열고 일행에게 안으로 들어가라고 손짓한다.
 정면의 좌식 책상 양 쪽으로 켜 놓은 촛불이 일렁인다.
 그 너머 한 노인이 가부좌를 틀고 앉아있다. 별과 똑같은 도복차림. 하얗게 센 머리를 쪽진 모습이 진짜 도사처럼 보인다. 명상 중인 듯, 눈을 감은 상태.

 "...잘왔다. 나는 구룡도사라고 한다. 바로 옆에 산이 하나 있는데, 아홉 용의 산. 구룡산이라고 하지. 그래서 내 이름도 구룡도사다. 우주, 미래, 루나 그리고 용기. 여기까지 오느라 고생 많았다."

이미 알고있는 것처럼, 모두의 이름을 말하는 구룡도사. 놀란 일행이 서로의 얼굴만 쳐다본다.

"어떻게 저를 아세요?"

우주가 묻는다.

"다 알고있다. 너희 모두 혼자서 어렵게 살아왔다는 것도. 도대체 왜 사는게 이모양인지 알려고 애쓰지 않았더냐? 하지만 알 수 없었겠지."

저마다 고개를 끄덕이는 일행들. 계속 눈을 감고있는 구룡도사가 그 모습이 보이기라도 하듯, 씨익 웃는다.

"자신의 진짜 정체가 무엇인지 알고싶으냐?"

일행을 똑바로 쳐다보는 것처럼 눈을 뜨는 구룡도사.

비늘처럼 흐릿한 뭔가에 뒤덮인 눈동자의 모습. 앞을 못 보는 상태다. 충격으로 멍 한 일행. 구룡도사가 개의치 않는 듯, 이야기를 이어간다.

"...먼 옛날, 주술사를 불러 놀던 왕이 있었다. 짐승을 요괴로 만드는 걸 구경하다가, 왕은 잡아먹혔는지 사라져버리고, 온 나라가 주술사의 손에넘어가 요괴들이 판치는 몹쓸 곳이 됐었다."

"언제적 얘긴데요?"

"지금으로부터 천 년 전의 일이다."

피식 웃음짓는 일행. 이번에도 구룡도사가 고개를 끄덕이며 미소짓는다. 정말 앞이 보이는 게 아닐까?...

"수많은 사람이 죽고. 폐허가 된 어느 날. 하늘에서 네 명의 신이 내려와 모든 요괴들을 봉인했다. 그 와중에 주술사는 사라졌고. 이 후, 신들은 계속 봉인을 지키기 위해 평범한 사람들 속에서 지내게 되었지. 너희 넷이 바로 그 네 명의 신, 용신들이다."
"그러니까, 지금 저희가 하늘에서 내려 온 신이란 말씀이세요?"
되묻는 미래에게 고개를 끄덕이는 구룡도사.
"우주 네가 남쪽 빛의 용신, 광룡. 용기는 북쪽 불의 용신, 화룡. 루나는 서쪽 얼음의 용신, 설룡. 그리고, 미래 너는 동쪽 물의 용신, 수룡이다. 너희가 가진 능력은 오늘 직접 봐서 알 것이다. 내 일족은 이 전설에 대한 신의 계시를 받고, 그 내용을 대대로 지켜오며 살아왔다."
한동안 일행 사이에 침묵이 흐른다.
"그런데 오늘, 그 주술사가 까마귀의 모습으로 이 세상에 다시 나타났다. 아마 봉인을 깨서 이 세상을 다시 어지럽히려 하겠지. 너희 용신들은 그걸 막기 위해서 깨어난거다."
"깨어났다뇨?"
용기가 고개를 갸웃거린다.
"잠자고 있던 용신이 깨어났다. 너희는 이미 모든 능력을 갖고있어. 그러나 사람들 속에 숨어 살면서 그 능력을 잊어버렸겠지. 오늘도 능력을 제대로 쓰지 못해서 죽을뻔 했잖니? 이제 너희는 봉인을 지키기 위해 최대한 빨리 너희의 능력을 완벽하게 다룰 수 있어야한다. 그때까지 여기서 지내며 열심히 수련 하거라."

"안하겠다면?"
미래가 구룡도사의 보이지 않는 눈을 노려본다.
"미안하지만, 이건 거절할 수 없이 정해진 운명이다. 그러나 만약에 너희가 이걸 저버린다면, 결국 이 세상은 다시 한번 요괴들에게 멸망하겠지... 결국 이 인간 세상을 지키는 용신은 너희들이다."
심란한 표정으로 변한 일행. 무거운 침묵만이 흐른다.

# 3장. 아홉 용의 산

어깨를 찌르는 손길.
 잠에서 깨면, 도복을 차려입은 여자 둘이 자신을 바라보고 있다. 깜짝 놀라 몸을 일으키는 우주. 뭔가의 바닥에 제대로 머리를 부딪힌다.
 이층침대의 아랫 칸에서 자고있었다...
 재밌다는 듯 키득거리는 미래.
 "나도 많이 당해봐서 알아. 아프지?~"
 옆에서 루나가 차분히 위로의 말을 건넨다.
 머리를 감싸쥔 채 통증을 진정시키는 우주. 점차 어젯밤에 겪었던 모든 일들이 기억나기 시작한다. 짧은 머리에 남자 같은 애는 루나. 장난스러운 애가 미래였지...
 몬스터에게 잡아먹힐 뻔한 걸 구해준 별이라는 마법소녀. 그 후 처음 만난 또래들과 함께 하늘을 날아서 이 고물상으로 왔고, 구룡도사라는 할아버지로부터 이상한 이야기를 들었던것까지.
 '너희들은 이 세상을 지키는 용신들이다.'라고 했었다.
 모든 게 끝나자, 앞으로 지낼 곳이라며, 이층침대 두 개만 있는 이 창고같은 방에 데려다 줬다.
 눈에 보이는 맞은편 침대를 저 여자애들이, 그리고 이 쪽을 나와 용기라는 애가 쓰기로 했다.
 이럴 줄 알았으면 위에 칸을 쓰는 거였는데...
 기억에 없는데, 자신도 도복을 입고 있다. 아마도 기절할 정도로 피곤한 상태에서 겨우 갈아입었던 것 같다.
 "어제 살려냈던 그 남자애가 혼자 밖에서 일하고있는것 같은데, 우리도 가봐야 하는게 아닌가 해서~"
 안정을 되찾은 우주에게 루나가 말한다.
 몸을 일으켜 창문쪽으로 다가는 우주.
 화창한 여름날씨. 한쪽 옆으로 나즈막한 산이 하나 있다. 구룡산이랬지...
 산자락의 넓은 공터에 온갖 망가진 물건들이 이곳저곳 쌓여있는 모습. 2층에서 바라보이는 고물상의 전경은, 고철로 된 미로같다.

 집주인일 구룡도사에게서 별다른 말이 없었기때문에 뭘 해야 할 지 모르는게 당연하다. 어제 말한, '이 세상을 지키기 위해서 너희가 이미 갖고있는 용신의 능력을 다룰 수 있어야 한다.'는 말도, 전혀 감이 잡히지 않는다.

*

앞 마당에 서 있는 트럭 한 대.
건물 1층은, 전체를 터서 창고로 쓰고있다.
 안쪽까지 주욱 쌓여있는 수많은 물건들. 남자애 하나가 테이블을 들고 나오더니, 트럭 짐칸 위로 척 올린다.
 용기라고 했었지.
 "구룡도사님은 어딨어?"
 우주가 물어보면, 건물 위를 가리키는 용기. 옥상 난간에 기대어 자신들을 내려다보고 있는 구룡도사와 별이 보인다.
"그냥 서 있지만 말고, 같이 해라~"
눈이 마추친 구룡도사가 말하자, 엉겁결에 일을 하는 상황이된다.
"쓸만한 테이블이랑 의자 찾아서 트럭에 올려 놓으래."
땀을 닦으며 말하는 용기. 짐칸은 이미 절반 이상 채워져 있다.
"이걸 다 혼자했어? 같이 하자고 부르지~"
대꾸하지 않고 다시 창고쪽으로 가버리는 용기. 우주가 따라가고, 머뭇거리던 미래와 루나도 간다.

어느덧, 가득 찬 트럭 짐칸. 물건을 확인한 트럭기사가 돈이 든 봉투를 건네고 트럭을 몰아 출발한다.
제법 중노동스러운 일에 힘들어 숨을 몰아쉬는 일행. 바라보는 구룡도사가 쯧쯧 혀를 찬다.
"다 했으면 이리 올라오너라!"
머리 위에서 구룡도사가 부르는 소리가 들린다.

*

옥상에 올라오면, 제법 규모가 큰 텃밭이 있다.
벽돌로 밭처럼 구분해 놓은 흙더미 위로 갖가지 채소들이 자라있는 모습.
"각자 먹을만큼만 가져오거라."
말을 마친 구룡도사. 들고있는 바구니에 채소들을 뽑아 담기 시작하면, 별이 용신들에게 다가와 손에 바구니를 하나씩 쥐여준다.

삭막한 밥상을 멍 하니 쳐다보는 용신들.
밥과 채소 그리고 간장종지가 끝이다.
구룡도사와 별이 아무렇지 않게 식사를 시작한다.
"밥들 안먹고 뭐하니? 도시 생활의 독성을 빼내야 정신이 맑아져 마법을 잘 쓸 수 있다. 어서 먹어라."
구룡도사가 엄한 목소리를 내자, 할 수 없이 밥을 먹기 시작하는 용신들.
눈을 질끈 감은 채 입에 넣은 걸 우물거리는 우주. 밥을 씹다가 돌조각을 뱉는 루나. 채소 잎사귀 하나를 이리저리 돌려보다 꿈틀거리는 애벌레에 경악하는 미래... 오직 용기만이 먹성 좋게 먹고있다.

"슬슬 훈련을 시작해 볼까~"
식사를 마친 구룡도사의 '훈련'이라는 말. 놀란 용신들의 눈이 커진다.
"이 앞에 고철들 사이 길을 들어가다 보면, 공터가 있지. 거기가 좋겠다. 다 먹었으면 가자."
구룡도사가 먼저 밖으로 나간다.

고철들의 벽에 둘러싸인 공터.

용신들이 구룡도사의 앞에 모여 섰다.

"이제 다들 준비가 됐구나. 이미 요괴를 겪어봐서 알것이다. 그 요괴들은 시간이 흐를수록 늘어나 인간계를 어지럽게 하니, 너희도 빨리 능력을 되찾아야 해. 흑요녀를 상대하려면, 하나의 용신으로 합체 할 수 있어야 한다. 내, 때가 돼면 이 방법을 알려주마."

"그게 언젠데요?"

미래가 불만을 표시한다.

"완전히 능력을 회복했을 때다. 다 너희 하기에 따라 달렸지. 밥 잘 먹고, 훈련만 열심히 하면 된다. 먼저 내일 아침. 이곳에서 나의 마법 시험에 통과하는게 너희의 첫번째 숙제다. 만약 내일 시험에 통과하지 못한 용신이 나오면..."

긴장한 채 다음 말을 기다리는 용신들.

"식사는 없다."

말이 잘 이해되지 않아 눈만 껌뻑이는데,

"이 곳은 결계로 보호되고 있어서, 너희가 벌인 모든 일이 원 상태로 회복된다. 걱정 말고 마음껏 훈련 하거라."

말을 마친 구룡도사가 별과 함께 훌쩍 자리를 뜬다.

"어?! 어떻게 훈련 하는지 가르쳐 주셔야죠!~ 도사님!!!"

우주가 다급히 외쳐보지만, 돌아보지 않고 고철들 사이로 사라지는 구룡도사. 남겨진 용신들 사이에 한동안 정적이 흐른다.

각자 다른 방향을 보며 한숨을 쉬는 용신들.

잘 알지도 못하는 마법 훈련을 알아서 하라니... 도대체가 말이 안된다.
 "한 방 쓰면서 계속 볼텐데... 언제까지가 될 진 모르지만, 잘지내보자. 난 우주라고 해~"
 보다못한 우주가 먼저 말을 꺼낸다. 그 사이, 주변을 구경하던 미래는 고철들 사이로 사라지고...
 "아무리 그래도 방 하나를 네 사람이 쓴다는건 너무한거 아니야? 전혀 모르고, 성별도 다르잖아?"
 용기가 불만에 찬 목소리다.
 "4인 실에서 지내봐서 아는데, 시간이 지나면 저절로 익숙해질거야. 버스나 엘리베이터에서 처럼."
 루나가 쓴웃음을 짓는다.
 "구룡도사님 말씀대로, 우리가 힘을 합쳐 싸우려면 공동생활을 하는게 도움되지 않을까?"
 "너는 용신이라는 걸 진짜로 믿는거야?"
 정색하며 우주에게 되묻는 용기. 뭔가 대답하려고 하는데,

"...악!~"

뭔가 무너져 내리는 소리와 함께 비명이 들린다.
 미래가 없다는 걸 그제야 눈치챈 용신들. 소리가 난 쪽을 향해 달려간다.

무너져 내린 고철더미 아래, 마법 보호막에 둘러싸인 미래. 고철더미를 막아선 쪽 손이 마법의 기운을 뿜고 있고, 다른 쪽 손에는 어디서 뜯어 낸 듯한 문 손잡이를 쥔 상태

다.
"어떻게 좀 해 봐!~"
 다급하게 소리치는 미래. 하지만 다들 어쩔 줄 몰라 우물쭈물 하는데...
 정신을 집중하듯 눈을 감는 루나. 미래가 뻗어 낸 마법의 힘을 움직이는 듯, 고철더미가 움직이더니, 원래 있던 자리로 되돌려 놓는 데 성공한다!
"저렇게 마법을 쓸 수 있는데, 용신이 아니면 뭔데?"
 용기를 툭 치며 말하는 우주. 믿기 어렵다는 듯 용기가 고철더미 쪽으로 다가가 만져보면, 전혀 꼼짝도 하지 않는 진짜 고철더미다.

*

 용신들 앞에 나와 선 루나.
 기대에 차 쳐다보는 우주와 용기의 부담스러운 시선. 그리고... 미래는 신경질적으로 손톱을 물어 뜯고있다. 극과 극의 양쪽으로 신경을 잡아 당기는 듯한 시츄에이션.
"나, 이거 못해."
 뒤돌아 빠른 걸음으로 자리를 벗어나는 루나. 그 뒤를 우주가 쫓아간다.
"...한 명이라도 마법 못쓰면, 다 같이 굶잖아~"
 굶는다는 말에 루나가 멈춘다. 맞아...

벗어날 수 없는 상황임을 깨닫고 표정이 어두워진다.
"딱 한 번만. 그냥 너가 어떻게 했는지만 알려만 주면 돼. 나머진 우리가 알아서 할게."

다시 용신들 앞.
돌아온 루나. 입술을 한 번 질끈 깨물더니, 이야기를 시작한다.
"몬스터가 나타났을때, 난 바로 알아봤어. 마법을 쓴다는 걸. 내가 맨날 하는 일이 그거거든."
"맨날 한다구? 뭐를?"
되묻는 미래. 우주에게서 부탁을 받았다. 굶기 싫으면 열심히 하는 척이라도 해 달라고. 다행이 이들에겐 공통점이 있었다. 배고픈 걸 싫어한다는 것이다.
"사실은 나... 판타지 소설 작가야."
키득거리며 인정한다는 듯 엄지손가락을 들어올리는 미래. 그제야 이해가 갔다는 듯, 우주와 용기가 한참 고개를 끄덕인다.
"눈앞에 몬스터가 분명한 것들이 나타났는데, 마법을 써볼까? 하는 생각이 들더라고..."
양손을 앞으로 내민 채 눈을 감고 집중하는 루나. 곧이어 손 위로 흰 공 모양의 마법 기운이 생겨난다.
고철의 벽을 향해 생겨난 마법을 쏘면, 부딪힌 부분이 얼어붙더니, 고드름까지 맺힌다!
놀란 표정으로 다가가 확인하는 용신들. 진짜 얼음이 맞다. 어제 구룡도사가 루나에게 붙여 준 서쪽 얼음의 용신,

설룡이란 말을 떠올린다.

"몸 안에 힘이 있다고 상상해. 그곳에 집중하다 보면, 어떤 형체가 나타나는데, 그 형체의 느낌을 받아들이면 돼. 그걸 원하는 곳을 향해 쏘는거지. 자 너희도 해봐."

루나의 말을 각자 따라해보는 용신들. 가장 먼저 미래가 물의 마법을 만들어 쏘는 데 성공한다. 다음으로 빛의 마법을 쏘는 걸 해내는 우주.

용기의 손에는... 아무것도 생겨나지 않는다.

도와달라는 듯 쳐다보는 용기를 외면하는 루나.

"그럼, 다음단계로 넘어갈게."

이번엔 훌쩍 공중으로 떠오르는 루나. 지켜보던 용신들이 감탄사를 터트린다.

어젯밤. 마법을 걸어주고, 움직여 주고, 끌어 주기까지... 별의 도움으로 하늘을 날았었는데, 고물상에 들어오면서 부터는 뭔가가 잘 안됐다. 그걸 지금 루나가 아무렇지 않게 하고 있는 것이다...

"이건 그 힘을 품은 상태에서 움직이는 거야. 힘에 올라 탔다고 상상해. 그러면 몸이 떠오를거야."

루나의 말대로 몸이 떠오르자 환호성을 지르는 미래.

그러나 우주와 용기는 땅에 선 채 그대로다. 긴장해서 몸이 경직된 느낌의 둘.

"여기선 날기를 할때 더 힘이 들어가야 하는 것 같은데, 애써 힘을 줄수록 더 안돼. 그 차이를 알아야 해. 힘에 몸을 편하게 맡겨봐. 편안하게."

눈을 감고 다시 시도하는 우주.

점점 긴장이 풀리는 듯 표정이 편안하게 바뀌더니... 어느 순간, 몸이 둥실 떠오른다!
 눈을 떠보고 환호성을 지르는 우주. 이리저리 날아다니기를 시작한다.
 여전히 아무런 변화 없이 그 자리에 서 있는 용기.
 보다 못한 루나가 용기 앞으로 내려선다.
 "왜 그렇게 아무것도 못하는거야? 편안하게 긴장을 푸는게 그렇게 어려워?"
 "뭔지도 모르겠고, 그냥 다 너무 힘들어..."
 넋두리를 하며 자리에 주저 앉는 용기.
 "어렵지 않아. 넌 충분히 할 수 있어. 내가 도와줄 테니까, 같이 다시 해보자."
 그 말에 힘을 얻은 용기가 다시 일어선다.
 "아까 집중할 때 뭐가 느껴졌어?"
 "불."
 "그 불기운을 몸의 정 중앙에 모은다는 생각으로 집중해 봐."
 눈을 감는 용기. 어둠 속, 뭔가가 떠오를 듯 떠오르지 않는다.
 "잘 안되는데?"
 "떠오를 때까지 계속 해야돼. 긴장 풀면서, 편안하게..."
 어둠 너머 들려오는 루나의 목소리. 알 수 없는 형체들이 여기저기서 나타났다 사라진다.
 조금씩 모습을 드러내는 불의 기운.
 "뭐가보이면, 그 힘을 그대로 받아들여..."

루나의 목소리와 함께 순간적으로 불길이 커지는 듯 한데,

뿌웅...

 울려퍼지는 방구소리. 바라보고 있던 용신들이 표정을 찡그린다.
 자리를 피해 다른 곳으로 날아가는 미래.
 얼굴이 새빨갛게 달아오른 용기. 고개를 푹 숙인 채 눈을 감아버리는데... 그 순간, 마법의 기운에 휩싸인 용기의 몸이 공중으로 떠오른다.
 "야! 너좀 봐봐!"
 소리에 눈을 뜬 용기. 공중을 날고있는 자신의 상태를 보더니, 마법을 시도하려는 듯 양손을 앞으로 내민다.
 용기의 손 위로 모이기 시작하는 불의 마법.
 "그래 그거야! 이제 그걸 써!"
 머리 위 하늘을 향해 마법을 쏘는 용기. 불 덩어리가 폭죽처럼 어딘가로 날아가는데... 어느 순간, 투명한 벽에 부딪쳐 폭발한다!
 그곳으로 날아오른 일행. 미래가 나서서 손을 대보면, 막혀있는 투명한 벽을 확인한다.
 이건... 밖으로 나갈 수 없는 상태다.
 그자리에서 각자 다른 방향을 향해 마법을 쏘기 시작하는 용신들. 고물상 부지 전체가 투명한 돔 형태의 벽으로 덮혀있음을 확인한다.
 "우리... 여기 갇힌 거였어?!"

충격속 흐르는 침묵. 갑자기 한 곳을 향해 마법을 쏘기 시작하는 미래. 벽을 부수려는 듯, 마법 덩어리를 만들어 쏘고 또 쏜다.

미래의 행동에 함께하는 용신들. 미래가 쏘고있는 곳을 향해서 모두가 마법을 쏜다.

벽을 부수기 위해 마법을 더 크고 강하게 모아 쏘는 용신들.

"그래봤자 소용없어!"

소리에 돌아보면, 어느새 나타난 별. 이들이 벌이는 일을 지켜보고 있었다.

"게다가 지금 결계 밖으로 나가면 모두가 위험해질 뿐이야."

"언제부터 이랬어?"

"어제 밤에. 구룡도사님이 해 놓으셨어."

"결계라고? 이거 못도망가게 가둬놓고 감시하는 거잖아! 솔직히 말해봐, 우리한테 진짜로 원하는게 뭐야? 뭐냐고!"

덤버들기 직전의 미래 앞으로 우주가 끼어든다.

"몬스터한테 죽을 뻔 한거 얘가 구해준거 기억 안나? 목숨의 은인한테 왜그러는데~"

그 말에 미래가 주춤한다.

"우리가 마법을 제대로 쓸 줄 알면, 밖에 나가도 위험하지 않지?"

우주에게 고개를 끄덕이는 별.

"그럼, 우리한테 마법 좀 가르쳐 줄 수 있어?"

모두의 관심사인 듯, 용신들의 시선이 별에게 집중된다.

"...지금 너네가 필요한건 공격마법인데, 난 공격마법을 할 줄 몰라."

잠시 뜸을 들이던 별의 대답.

"좋아. 그럼, 우리가 알아서 해 볼게. 대신 마법시험에 통과하면, 그땐 밖으로 나가도 뭐라하지 마~ 자! 다들 저 결계는 내일 구룡도사님한테 물어보고, 내려가서 하던거나 계속하자~"

재빨리 일행을 끌고 공터쪽으로 내려가는 우주. 돌아서며 별에게 한쪽 눈을 찡긋 해 보인다. 왜 인진 몰라도 별이 난처해질까봐 도와준 것이다.

그 자리에서 한동안 용신들의 마법 훈련을 지켜보는 별. 저게 구룡도사가 시킨건지, 개인적 관심 때문인지 헷갈리게 하는 뭔가가 있다.

*

다음날 아침.

공터에 모여 선 용신들. 어제 밤 늦게까지 마법훈련을 하고, 저녁도 못먹은 채 설잠을 잤다.

어제와 똑같은, 사방이 고철의 벽으로 둘러싸인 공간인데, 어쩨 격투장을 연상시킨다. 더 절박해져서 그렇게 보이나 보다.

밥을 먹느냐 굶느냐가 달렸다.

"다들 준비가 되었느냐?"

갑자기 들리는 목소리에 주변을 두리번거리는 용신들. 그러나 구룡도사의 모습은 어디에도 보이지 않는다.

"네 준비됐습니다."

나서서 말하며 얼음의 마법을 준비하는 루나. 하얀 빛을 띤 마법의 기운이 몸 전체를 휘감는다.

자신의 모든 비법을 훈련시키며 교관노릇을 톡톡히 해 낸 루나. 덕분에 용기를 포함한 모든 용신들은 이제 루나만큼 마법을 자유자재로 쓸 수 있다.

각자의 마법을 준비하며 서로 다른색의 빛을 뿜어내기 시작하는 용신들.

"다시 말하지만. 지금 너희는 마법진이 쳐진, 마법 시험장에 있다. 여기서 일어난 어떤 일도 실제로는 아무 영향이 없으니, 겁먹지들 말거라."

설명을 듣고 주변을 자세히 살펴보면, 공터의 바닥과 고철 더미로 된 벽면에 새겨진 마법진의 문양이 보인다.

"잘 해 보거라~"

구룡도사의 말이 끝나자마자, 땅 아래쪽에서 기어 올라오는 멧돼지의 모습의 몬스터. 코로 마법의 기운을 뿜어대는 모습이, 벌써부터 현실의 법칙이 무너진 느낌이다.

"뭐야 저게!"

용기를 방패삼아 몸을 숨기는 미래. 우주가 손에서 빛의 마법을 쏘면, 맞자마자 괴성을 지르며 돌진한다.

미래와 용기도 마법을 쏴 보지만, 소용없다.

몬스터에 쫓겨 달아나는 용신들. 그 와중에 얼음 마법으로 창 모양으로 만들어 쏘는 루나. 몸을 관통당한 몬스터가 그 자리에 얼어붙더니, 다음 순간, 연기처럼 사라진다.

"방금 그 아인, 얼음 마법에 약한 것 같아. 참, 마법을 원하는 모양으로 만들면 더 쓰기 편하니까 알아... 왜그래??"
 말하는 도중에 머리 위 허공 쪽을 가리키고 있는 용신들. 돌아보면, 사람 크기만한 눈동자가 공중에 뜬 채로 쳐다보고 있다. 거대한 눈알 모양의 몬스터다.
 곧바로 눈알을 향해 마법을 쏘는 루나. 그러나 둘러싼 보호막이 간단히 튕겨낸다.
 "아얄!~"
 미래의 비명. 어느새 땅 아래로부터 다른 멧돼지 몬스터들이 기어올라오고, 주변 벽 사이로 다리가 많이 달린 벌레 몬스터들이 나오고 있다!!!
 달려드는 멧돼지를 검처럼 만들어 낸 푸른 빛의 마법으로 두동강 내는 미래. 용기는 벌레에게 붙잡혀 먹히기 직전, 불덩어리를 쏴 태워버린다.
 정신없이 마법을 쓰던 중, 문득 눈알쪽을 돌아보는 루나. 그 눈알에서 빛이 나기 시작하더니, 자신을 향해 광선을 쏜다!
 "안돼!!"
 눈을 감으며 비명을 지르는 루나. 이상하게 아무렇지도 않고 조용하다...
 다시 눈을 떠보면, 앞에 마법 방패를 만들어 막아 선 우주. 고맙다고 할 새도 없이 곧바로 땅을 박차고 날아오른다.

손에 빛으로 된 검을 만들어 눈알을 향해 던지면, 정확히 관통되는 모습. 눈알 몬스터를 해치웠다!
 계속 사방에서 몰려드는 몬스터들. 난타전이 벌어진다.
 어느 순간, 서로 등을 맞댄 채 모인 용신들. 각자의 한계에 다다른 곳이 결국 서로의 등이다.
 마법을 쏘는 반동에 의해 그 상태로 천천히 원을그리며 돌기 시작하는 이들. 어쩌다 보니 회전하며 불꽃을 쏘는, 불꽃 축제의 한 장면같다.

 마지막 하나 남은 몬스터를 불태우는 용기.
 박수소리가 들리더니, 용신들 앞에 구룡도사와 별이 모습을 드러낸다.
 "수고했다. 배고플텐데, 밥 먹자."
 구룡도사의 짤막한 한 마디. 녹초가 된 상태의 용신들이 안도의 한숨을 쉰다.

*

 어제와 똑같이 삭막한 밥상.
 오늘도 옥상 텃밭에서 자신이 먹을 채소들을 가져왔다.
 어제와는 달리 완전히 음식에 집중한 채 허겁지겁 먹고있는 용신들. 먼저 식사를 마친 구룡도사가 이들의 모습을 바라보며 고개를 끄덕인다.

"이곳의 생활은 훈련과 시험의 반복이다. 내일도 무사히 밥 먹으려면, 남은 하루도 열심히 훈련 하거라. 가끔 트럭이 들어오면, 창고 물건을 꺼내 파는것 좀 돕고."
구룡도사의 말에 먹는걸 멈추는 용신들.
"내일도라뇨?... 마법시험 끝났잖아요?"
우주가 충격받은 표정이다.
"시험은 매일 본다. 오늘처럼 힘들지 않으려면 더 열심히 해야겠지? 그럼 수고들 해라~"
자리를 뜨려하는 구룡도사.
"결계 밖에도 나갈 수 있게 해주세요."
구룡도사를 똑바로 쳐다보며 미래가 말한다.
"안돼. 결계 밖은 너희에게 아직 위험하다."
자르듯 말하는 구룡도사.
"밖에 나가서 싸우면 지금보다 훨씬 빨리 능력을 키울수 있을텐데? 왜 가둬놓으려고 하는거에요? 이렇게 전부 갇혀있는게 더 위험한거 아니에요?"
물러서지 않는 미래. 흥분한 듯, 몸에서 마법의 기운이 흘러나오며 식탁이 진동으로 떨리기 시작한다.
갑작스러운 상황에 당황하는 용신들. 안색이 노여움으로 바뀌는 구룡도사를 본 별이 끼어든다.
"결계의 주문을 걸면 돼잖아요 도사님~"
"안되는건 안되는거야!"
주춤 하던 구룡도사가 버럭 화를 내며 방으로 들어간다. 예상 밖 별의 행동으로 잠시 얼떨떨해진 분위기. 곧이어 용신들의 시선이 남겨진 별에게 모인다.

4장. 한여름 밤

어둠 속, 소리없이 움직이는 다섯 개의 그림자.

별과 네 명의 용신들. 구룡도사가 잠자리에 드는 시간, 밤 10시를 지나 앞마당에 모였다.

도복을 입은 채 소리없이 움직이는 모습이 꼭 무협영화에서 보던 자객같다.

큰 길로 나가는 고물상 출입구 앞에 멈춰서는 일행.

"여기가 보호결계의 입구야."

말하며 출입구 바깥으로 손을 뻗어보이는 별. 경계 지점에 손이 닿는 순간, 고물상 전체를 덮고있던 결계의 형태가 번쩍 보였다가 사라진다.

어젯밤 확인했던, 그 벽이다. 이 밖으로 나갈 수 없다는 사실이 새삼 신기하다.

돌아서서 용신들을 향해 주문을 외우는 별. 손끝에서 나온 빛나는 기운이 들어가자, 이마에서 뜻을 알 수 없는 상형문자 표식이 빛을 발했다가 사라진다.

"방금 뭘 한거야?"

"능력을 가리는 결계야. 이러면 마법의 힘을 쓰지않는 이상, 몬스터들이 우릴 볼 수 없게 돼."

우주에게 설명하며 자신에게도 결계 마법을 거는 별.

"몬스터들은 해가 진 직후부터 해가 뜨기 직전까지 활동하는데, 몬스터에게 당한 사람이나 물건은 그 영향을 받지. 물건은 소멸되고. 사람은 소멸되거나... 몬스터가 되지. 그리고 또... 마법의 힘을 가진 우리나 몬스터의 공통점은 활동 할 때 사람들의 눈에 보이지 않아."

생각나는 것들을 계속 말한다.
"그럼, 낮에 돌아다니면 되는 거 아니야?"
그림자 중 하나가 묻는다. 미래다.
"해 뜨는 시간에 마법을 쓰다간, 영혼까지 불태워지며 소멸 돼. 이게 마법의 힘을 가진 자의 숙명이지. 그래서 당분간은 해가 떠있는 동안엔 반드시 결계 안에 있어야해."
"뭐라고? 그럼 해 있을 때 밖으로 나가면, 죽는다는 말이야?"
기겁한 우주의 목소리다.
"나갈 순 있어. 하지만 결계 없이는 절대로 마법을 쓰면 안된다는 말이야. 다시한번 말하는데, 결계 밖에서는 내 허락없이 절대로 마법을 쓰면 안된다. 알았지?"
고개를 끄덕이는 용신들.
이번엔 출입구를 향해 손을 뻗은 채 주문을 외는 별.
곧이어 결계의 벽에 동그랗게 물결치는 통로가 생겨난다.
앞장서 통로 밖으로 나가는 별. 용신들이 그뒤를 따라 나선다.

*

편대 비행하듯 밤하늘을 날아가는 일행.
강남역 위를 지나던 중, 미래가 뭔가를 발견한다.

"찾았어! 저기있다!"

 가리키는 곳에 보이는 웬 고양이의 모습. 거의 코끼리만 한 크기의... 몬스터다!
 근처를 향해 내려서기 시작하는 용신들.
 "잠깐만!"
 별의 외침에 멈춰 돌아보면, 별이 양손을 펼친 채로 주문을 왼다. 곧이어 생겨나는 거대한 돔 형태의 결계. 몬스터와 용신들을 완전히 덮는다.
 "됐어. 이렇게 해야 이 안에서 벌어진 일이 인간계에 피해를 주지 않아."
 말이 끝남과 동시에 결계를 알아차린 몬스터. 주위를 경계하며 싸울 태세를 취한다.
 마법을 모은 채로 앞장서 나가는 미래. 알아본 몬스터가 달려드는데, 미래의 손끝에서 나간 마법이 몬스터를 거대한 물방울 안에 가둔다.
 순식간에 끝나버린 상황을 벙찐 상태로 바라보는 일행.
 "뭐야, 쉬운데?"
 자신이 만든 마법 물방울을 자랑스럽게 내보이던 미래. 갑자기 제어가 안되며 허둥대더니, 마법이 깨지며 몬스터가 밖으로 풀려난다.
 다시 미래를 향해 달려드는 몬스터. 이번엔 용기가 불의 마법으로 공격한다.
 잠시 주춤 물러서는 몬스터. 곧이어 수많은 작은 고양이들로 스스로를 조각내기 시작한다. 저건, 분신 마법이다...

"다들 모여!"

점점 수가 많아지는 몬스터를 보며 외치는 루나. 용신들이 루나를 중심으로 모이고, 시험때처럼 서로 등을 맞댄채 마법 쓸 준비를 한다.

준비를 끝낸 듯, 일제히 달려드는 몬스터들.

용신들이 각자의 마법으로 정신없이 쳐내는데... 틈이 생긴 곳을 파고드는 공격에 당하기 시작한다.

시간이 지나도 전혀 수가 줄어들지 않는 몬스터들.

점점 지치는 듯, 용신들의 마법 세기가 약해지기 시작하는데...

어디선가 피리소리가 난다.

모든 공격을 멈추고, 소리가 들려오는 쪽을 돌아보는 수많은 고양이의 얼굴들. 그곳엔 별이 웃으며 손을 흔들고 있다.

"안돼!!!~"

일제히 외치지만, 이미 늦었다.

순식간에 별에게 달려들어 온통 물어 뜯는 몬스터들. 하지만 자세히 보면, 전부 종이조각 뿐이다.

별이 분신마법을 썼다!

"지금이야! 공격해!"

어느새 별이 용신들 사이에 와있다. 눈앞에 등을 보인채로 모여있는 몬스터들을 향해 일제히 마법을 쏘는 용신들.

허를 찔린 몬스터들이 한꺼번에 소멸된다!

"잘했어!!!~"

첫 몬스터 사냥의 성공에 기뻐 환호하는 용신들.

각자의 마법으로 싸우는 실전에 눈을 뜬 순간이다!

다음 장소는 잠실에서 마주친 비둘기 몬스터.
그 다음은 건대입구 근처에서 꿀벌 몬스터 사냥이다.
몬스터와의 싸움이 이어질수록, 용신들이 눈에 띄게 마법에 능숙해져간다.

"이제 그만 돌아가자."
별이 말한다. 장소는 이제, 용산 근처다.
잠시 멈춰선 채 서로를 바라보는 용신들. 충분히 놀만큼 놀았다는 표정들이다.
"별아. 아까 썼던 분신마법 좀 알려줄 수 있어?"
미래가 말한다. 이제 완전히 친해진듯한 분위기다.
"그것만 알려주면 그만하고 갈게. 응?"
재촉당하는 별의 표정이 영 내키지가 않는다.

얼마 후.
"제발 그러지마. 무슨 일 생기면 어쩌려고~"
미래의 앞을 막아서며 애원하는 별. 상황이 정 반대로 뒤바꼈다.
별이 분신을 만들어 내는 방법을 가르쳐주자, 자신의 분신을 만들어 흑요녀를 꾀어내보겠다고 하는 미래.
용신을 노린다니, 미끼처럼 돌아다니게 하면 분명이 나올거라고 하고있다.
"어차피 분신은 공격받는 순간 사라지잖아? 우리는 결계때문에 계속 안보일테고, 안전한데?"
 틀린 말은 아니다. 별이 할말을 못찾고 있는데...
 가르쳐준 주문을 외며 정신을 집중하는 미래. 곧이어 똑같은 분신이 바로 앞에 생겨난다.
 "우와!~"
 미래와 똑같은 분신의 모습에 감탄이 터져나온다.
 손이 닿는 순간, 종이조각으로 변하며 사라지는 것까지, 완벽하다.
 "아무래도 안하는게 좋겠어. 잠자는 사자의 콧털을 건드려서 좋을게 없다잖아? 오늘은 충분히 잘 놀았으니까 그만하고 가자~"
 미래를 말리듯 말하는 우주. 보란듯이 미래가 다시 분신을 만들어낸다.
 "흑요녀 때문에 우리가 갇혀있는데, 이정도는 해야 맞지. 이 기회에 도대체 뭐가 그렇게 대단한지 좀 봐야겠어."
 말을 마치고 자신의 앞 쪽으로 분신을 날려보내는 미래. 그 뒤를 따라 날아가버리는데,
 과감한 행동을 바라보며 마른 침을 삼키는 용신들. 별이 어쩔 수 없이 쫓아가자, 다 함께 따라간다.

*

 63빌딩 근처에 떠 있는 분신의 모습.

벌써 10분 째 저 상태다. 좀 떨어진 건물 옥상에서 상황을 지켜보고 있는 일행. 이제는 별까지도 관심이 생긴 눈치다.
 어느 순간, 나타난 까마귀 한 마리가 분신에게 가까워진다.
 "전에 봤던 까마귀야. 저게 흑요녀라고?"
 별이 고개를 끄덕이자, 일행이 긴장으로 숨죽인다.
 먹이를 노리는 맹수처럼 집중한 상태의 흑요녀. 누군가 지켜본다는 걸 모르는 채 모습을 바꾸기 시작한다.
 머리는 까마귀인채 몸만 인간의 형태. 흡사 까마귀 깃털의 망토를 두른 모습이다. 천 년 전, 주술사의 모습이라고 하기엔... 여전히 몬스터 같다.
 곧이어 분신을 향해 검은 빛줄기를 쏘는 흑요녀.
 순간, 분신이 종이조각이되어 흩어져 버린다.
 속았다는 걸 안 흑요녀가 분신의 주인을 찾듯 찬찬히 주위를 살피는데,
 흑요녀 주위로 생겨나기 시작하는 검은 빛의 소용돌이. 점점 모든 걸 빨아들일 듯한 기세로 확장해간다.

 "마법을 쓰려고 하고있어. 피해야 해!~"
 다급한 별의 외침에 정신을 차린 용신들. 서둘러 그 자리를 벗어나기 시작한다.
 일행을 따라 도망치던 중, 문득 멈춰서 돌아보는 미래. 이제 소용돌이는 여의도 전체를 뒤덮고 사방으로 벼락을 뿌리고 있다.
 벼락에 맞은 건물의 전기가 나가며 주변이 암흑이 되는 모

습. 그 중심에 흑요녀가 우뚝 서 있다.
 미래. 그 광경을 눈에 담아가기라도 할듯이 뚫어져라 바라본다.

*

"다들 일어나!!!"

 진노한 구룡도사의 외침.
 잠에서 깨면, 방 가운데에 선 구룡도사의 모습이 보인다.
 비몽사몽인 상태로 침대에서 몸을 일으키는 용신들.
 어젯밤, 정신없이 그 난리통에서 도망쳐 결계 안으로 돌아온 뒤, 다들 쓰러지듯 잠들었다.
 창문 쪽을 보면, 아직 이른 아침인 듯한 모습. 몇 시간이 채 지나지 않았다.
 "어제 밤에 무슨 짓들을 한거냐?"
 침대 밖으로 나와 선 용신들의 눈을 뚫어질 듯 응시하는 구룡도사. 용신들이 하나같이 눈길을 회피한다.
 "내 분명히 어제 너희에게 당부했을텐데, 말 못하겠느냐?"
 다시 묻는 구룡도사. 그러나 아무도 말을 꺼내지 못한채 침묵이 흐른다.
 "당장 밖으로 나와라. 공터에 집합해!"
 호통을 친 구룡도사가 문을 쾅 닫고 나간다.

"내 이럴줄 알았어. 그러게 하지 말자고 했잖아~"
미래를 향해 투덜대는 우주. 정작 미래는 선 채로 졸고있다.

비틀거리며 공터에 하나둘 모여드는 용신들.
한 복판에 서서 기다리고있는 구룡도사의 앞으로 간다.
미래가 아직 나오지 않은걸 확인한 우주. 루나에게 부탁하면, 마지못해 미래를 찾으러가는 루나. 그렇게 한참만에 용신들이 공터에 다 모인다.

"그렇게 장난치는 게 소원이니, 내 너희에게 특별 교육을 시켜주마."
짤막한 말을 마치고는 홀연히 사라지는 구룡도사.
아직까지도 잠이 덜깬 용신들이 멍 한채로 두리번거리는데, 곧이어 자신들이 늪에 빠지듯 서서히 땅 속으로 파묻히고 있다는 걸 알아챈다. 마법 시험에서의 상황을 떠올리며 마법을 쓸 준비를 시작하는데... 그게 아니었다.
몬스터들이 나오지는 않고, 계속 더 깊이 땅 속으로 파묻히는 상황. 뒤늦게 벗어나려 해보지만 아무 소용 없는 걸 확인한 용신들. 비명을 지르기 시작한다.
늪처럼 변한 땅 속으로 완전히 파묻히고, 암흑에서 계속 아래로 끌려내려가던 용신들.
어느 순간. 출구로 나온 것 처럼 확 밝아지며, 다른 편 세상으로 떨어져 내린다.

뜨거운 태양이 작열하는, 사막 한 복판.
 주위를 둘러보면, 어디를 봐도 구름 한점 없는 파란 하늘과, 태양에 뜨겁게 달궈진 하얀 모래뿐이다.
 "...도대체 이게...."
 믿기지 않다는듯 말하는 우주.
 루나는 마법의 기운을 모으기 위해 한참을 끙끙대더니, 결국 포기한다.
 "마법을 쓸수도 없다는 말인데~ 어쩨 무서운 일이 벌어질 각인데?"
 미래가 걱정스러운 표정이다.
 "여기서 계속 이렇게 있다간 말라 죽을지도 몰라. 그늘..."
 얼굴에 흐르는 땀을 닦으며 용기가 울상을 짓는다.
 "죽긴 왜죽어~ 이래봐야 구룡도사님이 벌인 마법이잖아?"
 말하며 모래를 한움큼 집어 든 손을 펴면, 모래 한알한알이 내는 소리까지 또렷하게 들리는 현실감이 전해진다.
 "일단은 물이나 나무 그늘을 찾아서 움직여보자. 어느 쪽이든 가다보면 뭔가 보이겠지."
 말하고 앞장서 걸어가기 시작하는 우주.
 "난 그럼 이쪽."
 미래가 우주와는 정 반대방향으로 가기 시작한다.
 "뭐야?! 왜 따로 가려고 그래!!"
 미래를 노려보며 소리치는 우주. 둘 사이에 선 용기와 루나가 눈치를 본다.
 "어차피 방향은 모르는건데, 왜 그걸 너 맘대로 정하는건데? 내가 봤을땐 그쪽엔 없어. 날 따라와."
 대답을 듣지 않고 그대로 걸어나가는 미래. 할 수 없다는 듯 우주가 쫓아가기 시작하고, 용기와 루나도 그 뒤를 따라간다.

*

끝없이 펼쳐진 사막.
 피할 곳 없는 땡볕 아래, 모래. 모래. 모래 뿐이다.
 끝에서 겨우 따라오던 용기가 마침내 털썩 쓰러진다. 그 사실을 모른 채 기계적으로 앞을 향해 계속 걸어가는 우주와 미래.
 "잠깐 멈춰봐~ 용기가... 쓰러졌어..."
 루나가 갈라지는 목소리를 겨우 내서 앞의 둘을 불러세운다.

 "난 더이상 못가... 너희끼리 가."
 용기가 죽어가는 소리를 낸다.
 "이게 다 너때문이야! 그러게 내가 하지 말자고 했잖아! 왜 너 멋대로 한 벌을 내가 받아야 하는데!!"
 다짜고짜 미래에게 달려들어 멱살을 잡는 우주. 둘이 엉키며 모래위를 뒹군다.
 힘없이 싸움을 쳐다보던 루나. 용기쪽을 돌아보면, 몸을 일으킨 용기가 어딘가를 향해 홀린 듯 걸어가고 있다.
 용기가 향하고 있는 쪽으로 시선을 옮기면, 어디선가 갑자기 나타난듯한 식탁의 모습. 그 위에 물이 담겨있는 물잔이 올려져있다!
 두 눈을 믿을 수 없어 눈을 깜박여 봐도, 물이 담겨있는 물잔이다. 맞다.
 어느새 같은 쪽을 보고 있는 미래와 우주. 먼저 일어선 우주의 발목을 잡아 넘어트린 미래가 물잔을 향해서 미친듯이 뛴다.
 가장 먼저 식탁 앞에 도착한 용기. 막 물잔을 잡으려는데, 물잔이 갑자기 몬스터의 형태로 변한다...
 까마귀의 머리와 인간의 몸통을 한 까마귀 몬스터의 갑작스러운 등장. 하지만 지금은 마법을 쓸 수 없다!
 그 자리에 얼어붙는 용신들. 어쩔줄 모른 채 서있는 용기에게 몬스터가 마법을 걸면, 까마귀 깃털이 돋아나며 몬스터화 되버린 용기. 몸에서 검은 마법의 기운을 뿜어낸다.

"마법을 쓰게 해 주세요!"
 하늘을 쳐다보며 외치는 우주. 그러나 뜨거운 햇살만 작열할 뿐이다.
 그대로 날아올라 나머지 일행에게 차례로 마법을 거는 몬스터. 미래와 우주도 마찬가지로 몸에서 까마귀 깃털이 수북이 돋아나며 몬스터화 된다.
 마지막으로 혼자 남은 루나. 자신을 똑바로 바라보는 몬스터를 확인하고 눈을 질끈 감는다.

'난 절대 포기하지 않아. 끝까지 싸운다.
무슨일이 있어도 난 끝까지 싸운다.'

마음 속으로 온 힘을 다해 외치기 시작하는 루나.
이어지는 몬스터의 마법에 정면으로 맞고도 모습이 바뀌지 않는다.
몬스터의 마법에 정신력으로 싸워 버티는 루나의 모습. 점점 강해지는 마법의 기운 속에 루나의 모습이 점점 희미하게 소멸되기 시작한다...

'이제 그만 하거라. 됐다.'

깨보면, 루나의 어깨에 얹힌 구룡도사의 손이 보인다.
어느새 다시 공터로 바뀌어있는 주변 모습. 해가 저물기 시작해서 어둡다.
자신 처럼 깨어난 일행의 두리번 거리는 모습에 루나가 안도의 한숨을 쉰다.
"좋아. 앞으로 너희가 결계 밖으로 나가는 걸 허락하마. 단, 절대로 혼자 다녀선 안된다. 마법으로 장난쳐서도 안되고. 알겠느냐?"
화가 누그러진 목소리로 말하는 구룡도사.
"네 도사님. 명심하겠습니다!"
한목소리로 대답하는 용신들. 구룡도사가 별과 함께 자리를 뜬다.

*

 눈을 감은 채로 누워있는 우주.
 계속 긴장된 상태. 날카롭게 깨어있는 정신의 날이 느껴진다. 잠이 오지 않는다.
 어느 순간, 누가 침대 밖으로 나가는 듯한 소리가 들린다.
 눈을 살짝 떠 보면, 이미 소리없이 닫히고있는 방문의 모습. 침대 자리를 보면, 역시나... 미래다.
 호기심을 느낀 우주. 어차피 잠도 오지 않는다.
 미래의 뒤를 쫓아 방을 나선다.

 달빛이 환하게 비추는 여름 밤.
 바람 한 점 없이 고요하다.
 고철들 사이 길로 들어가는 그림자 하나.
 서둘러 그림자를 쫓아가는데, 길이 갈수록 미로처럼 복잡해진다.
 아슬아슬하게 놓칠 듯 말 듯 그림자를 쫓아가는 우주. 쫓는게 아니라 끌려가는 건가?... 과연 저 그림자가 실제하는게 맞는건지 의심까지 들 때쯤, 마침내 멈춰서 옆 쪽으로 사라지는 그림자.
 조심스럽게 사라진 곳으로 다가가보면,
 고철들 아래쪽으로 기어서 들어갈 수 있을 정도의 통로가 있다!
 갑자기 인기척을 느끼고 뒤를 돌아보는 우주. 시야에 보이는 통로 끝쪽에서 또다른 그림자들이 허둥지둥 숨는듯한 모습이 보인다. 누구인지는 안봐도 뻔 하다.
 지금은 미래가 먼저다.
 그림자가 사라진 통로로 몸을 업드린 채 기어 들어가는 우주. 어둠속을 기어가다보면, 이윽고 반대편쪽으로 나온다.
 탁 트인 밤하늘이 유난히 잘 보이는 아늑한 공터다!
 그때, 어디선가 날아온 마법공격.
 막으면, 마법끼리 충돌하며 주위가 순간적으로 밝아지는데... 좀 떨어진 곳에 미래가 서있다.
 "뭐야, 날 따라왔어?"
 우주를 확인하고 어이없어하는 미래. 그들이 기어나온 통로에서 루나와 용기도 뒤따라 나온다.
 신기한 듯 주변을 둘러보는 둘. 덕분에 갑자기 놀러나온 분위기가 된다.
 "여긴 어떻게 찾았어?"
 "처음 왔을때. 그땐 통로만 발견했는데, 나도 이런곳일줄은 몰랐네~"
 신기한 듯 돌아보며 말하는 미래. 자기도 처음왔다.
 "완전히 아지튼데?"
 벌써 좋은 자리를 찾아 자리잡은 루나가 편하게 드러눕는다.
 "아까 미안했어. 너무 힘들어서 나도 모르게 욱 했나봐."
 우주가 미래에게 사과를 한다. 벌 받을 때 얘기다.

"솔직히 너네도 흑요녀 궁금하잖아? 앞으로 우리가 싸울 상대를 미리 만난건데, 나한테 고마워해야하는거 아니야?"
아직 화가 안풀렸다.
"근데 우리가 그랬다는 걸 구룡도사님이 어떻게 아셨지?"
멀뚱한 표정으로 한마디 하는 용기.
"별이가 말했겠지, 뻔하잖아?"
그 순간, 구석 쪽에서 철조각이 떨어지며 소리가 울린다.
일제히 소리가 난 쪽을 바라보는 용신들.
루나가 재빨리 얼음 마법을 날리자, 아무것도 없던 공간에 마법의 저항이 일며, 숨어있던 별의 모습이 드러난다.
"뭐야... 너 언제 와 있었어?"
생각지도 못한 별을 보고 놀라는 용신들.
"잠이 안와서... 미안해, 고자질해서."
안절부절 못하며 사과하는 별. 어쩌다보니 모두가 한 곳에 모였다.

각자 자리를 잡고 드러누운 일행.
기분탓인지, 바라보이는 밤하늘이 엄청나게 멋지다!
"다 모인김에 우리, 게임이나 할래? 친해져서 나쁠 건 없잖아?"
생각난 듯 말하는 미래. 일행이 서로를 쳐다보며 고개를 끄덕인다.

둥글게 원을 그리고 둘러앉은 일행.
"왼쪽에 앉은 사람에게 궁금한걸 질문 하는거다. 대답한 사람은 이어서 질문하면 되고. 누가 먼저할래?"
 별의 오른쪽에 앉은 루나가 손을 든다. 용신들에게 가장 궁금한 존재인 별. 그걸 아는 루나가 웬일로 나섰다.

 "넌 도대체 정체가 뭐야?"
 용신들의 시선이 별에게 모인다.
 "도사님 꿈에 강보에 싸인 아기가 보여 그 장소에 가셨는데, 꿈과 똑같은 모습으로 아기가 있었데. 그게 나야. 다섯살 때부터 매일 새벽에 일어나서 약수터에서 도사님 드실 물 떠다올리고, 고물상 일 돕고, 마법 수련 하고. 그냥 쭉 그렇게 지내왔는데... 나도 날 잘 모르겠어. 지금까지 한 번도 그런적은 없었는데, 너희 오고나서부턴 바깥세상이 궁금해져서 이상해. '여길 떠나면 어디로 가지?' 하는 생각도 들고..."
 말을 마친 별. 이제 자신의 왼쪽에 앉아있는, 우주에게 질문할 차례다.
 "넌 꿈이 뭐야?"
 질문을 받은 우주. 하늘을 쳐다보며 잠깐 생각한다.

 "꿈이 없는 것 같아. 지금껏 살면서 내가 왜 태어났는지 아무리 생각해봐도 잘 모르겠더라고. 이런 건 부모가 없기 때문일까? 용신이라고 했을 때, 솔직히 기분 좋았어. 내가 뭔가 쓸모있을지도 모르겠다는 생각이 그때 처음으로 들었거든..."
 저마다 고개를 끄덕인다. 다들 비슷한 처지다.

"제일 싫어하는게 뭐야?"
용기에게 묻는다.
"따돌림 당하는거? 어딜가나 난 항상 따돌려지는 쪽이었던거 같아. 내가 무슨 말만 하면 꼬투리 잡아서 놀리더라고. 자꾸 그러니까 말도 잘 못하겠고, 혼자 놀게되고. 사실 나 수다떠는거 엄청 좋아하는데..."
어쩐지 평소보다 더 힘겹게 말하는 용기의 모습. 진짜 용기를 내서 말하고 있는 것 같다.
"이 일 다끝나면 하고싶은게 뭐야?"
용기가 미래에게 질문한다. 진짜 궁금한 눈치다.
"글쎄, 제주도에나 가볼까... 난 말야, 부모한테 버려져서 그런지 한 곳에 정을 못 붙여. 여행 다닐려고 사는것 같아."
어쩐지 감성에 젖은 듯 말한다.
"원래대로 였으면 지금쯤 하와이에 있었을건데... 맞다! 마법! 내 마법으로 날아서 갈 수 있겠네~"
자리에서 벌떡 일어나 소리치는 미래. 용기를 뺀 나머지의 표정이 좋지 않을걸 보고는 도로 앉는다.
"너가 무서워하는 건 뭐야?"
미래가 루나에게 묻는다. 한 바퀴 돌았으니, 마지막이다.
"가족. 아니 정확히 말해 권력을 갖고 지배하려드는 부류의 인간들. 거기서 벗어나려고 집을 나왔어. 그 두려움에서 살아남기위해 내가 하는 일이 글쓰기고..."
말이 끝나면 한동안 침묵 속에 빠져드는 일행.
그때 갑자기 하늘에 한 줄기 빛이 나타난다!

"별똥별이다!!"

밤하늘에 아름다운 궤적을 그리며 사라지는 별똥별을 쳐다보는 용기, 미래, 우주, 루나, 그리고 별. 그렇게 함께한 여름 밤을 가슴속에 새기며, 그들의 우정이 싹트기 시작한다.

*

다음 날 아침.
다시 시작된 고물상의 하루. 팔만한 고물을 골라 트럭을 채우고, 먹을 걸 준비해서 식사를 하고, 새 도복으로 갈아입고, 공터에서의 마법 훈련을 한다.

해가 진 후.
마침내 결계 밖으로 나가서 몬스터들과 실전 훈련을 하는 용신들. 구룡도사도 함께 나와 이들의 모습을 지켜본다.
겨우 두 번째 날인데, 오랫동안 해왔던것처럼 서로 호흡이 잘 맞는 모습. 바라보던 구룡도사가 고개를 끄덕인다.

밤.
창고 앞으로 모여드는 다섯 개의 그림자.

도복 갈아입을 때 별에게 다른 옷을 입고싶다고 했던 미래. 다른 용신들도 한 목소리로 미래의 말에 동의했다.
 당연히 도사님은 안된다고 불호령 할 게 뻔하다.
 창고 한쪽에 헌옷이 있다고 털어놓은 별의 말에, 자야할 시간인 한 밤중에 또 밖에서 모였다.

 창고로 들어서면, 마법의 빛가루를 주위에 뿌리는 별. 그러자 빛이 반짝임을 발하며 주변이 희미하게 밝아진다.
 창고 깊숙한 곳으로 가보는 일행.
 별의 말대로 한 무더기의 헌 옷이 쌓여있다. 팔아야 할 고물을 청소하면서 생겨난 쓰레기를 따로 모아 둔 것이라고 한다.
 제법 많아 보이는 옷 무더기. 각자 달라붙어 입을 옷을 고르기 시작한다.

 얼마 후.
 갈아입은 옷을 입은 채, 한 명씩 번갈아 창고 안의 통로를 워킹하는 용신들. 일종의 패션쇼다. 물론 미래의 아이디어.
 가장 육중해보이는 몸에 비해 애니매이션 그림이 그려진 티셔츠 차림의 용기. 태권도복에 보호대까지 갖춰입은 우주. 미래는 반바지에 티셔츠지만 멋들어지게 입었고, 루나는... 어디서 찾아냈는지 레이스가 달린 검은색 드레스를 선택했다.
 서로의 옷차림을 감상하며 화기애애한 분위기가 된 용신들. 한쪽에서 도복을 입은 채인 별이 부럽다는 듯 이들을 쳐다본다.

*

 고철의 미로 속, 아지트.
 용신들과 별이 다시 동그랗게 앉아있다.
 이왕 내친 김에 그들의 두 번째 모임을 진행 중이다. 여름이여서 그런가, 마법이라도 걸린 듯 시간이 느리게 흐른다.
 그들 한 가운데, 작은 모닥불이 타오르며 빛을 밝히는 모습. 용기가 불의 마법으로 만든, 캠프파이어다.
 열기없이 타오르는 마법의 불길을 바라본 채, 일행이 각자의 생각으로 잠긴다.

 "그런데, 우리 언제까지 이러고 있어야 하는걸까?"
 미래가 지겹다는 표정이다.
 "기다리다 보면, 구룡도사님이 알려주시겠지. '계시가 내려왔다. 요괴를 잡으러 출동!' 이렇게..."
 "그게 언젠데? 우리가 도사님처럼 됐을 때?"
 "왠만한 몬스터는 이제 쉬워서 재미가 없어. 그 흑요녀한테 직접 찾아가고 싶을 정도라니까?"
 다들 한 마디씩 내뱉는 일행들. 불빛에 취하기라도 한 것처럼 평소보다 더 거침없다.

"오늘은 그럼 각자 가고싶은 곳에 가보는 건 어때?"
 미래가 제안한다. 아무래도 오늘은 미래의 날인 것 같다.
 "밖에서 혼자 돌아다니겠다고? 그러다 또 도사님이 알면?"
 "이제 꼰지를 사람이 없는걸로 아는데? 말만 안하면 되잖아?"
 별을 째려보며 말하는 미래.
 하지만 별이 그대로 일어나 돌아가려고 하자, 할 수 없다는 듯 붙잡아 도로 앉힌다.
 "좋아... 그럼 양보해서, 커플로 다니자. 그건 괜찮지?"
 그리곤 동의를 구하듯 용신들을 한 명씩 둘러보는 미래. 각자 동의하듯 고개를 끄덕인다.
 "자 그럼 눈들 감으세요. 눈 뜨는 사람은 천벌받으니까 알아서 해~"
 미래의 말에 전부 눈을 감는 일행.
 "다들 짝대기 게임 알지? 밖에서 같이 다니고싶은 짝을 정하는 거다. 준비되면 가리키세요~ 하나. 둘. 셋!"
 셋에 눈을 뜨는 일행. 내민 손가락이 가리키는 방향은...
 별과 우주가 서로를, 미래와 루나가 서로를 가리키고, 용기는... 미래를 가리키고 있다.
 "뭐라고!"
 깜짝 놀라는 미래. 루나도 마찬가지라는 듯 미래를 쳐다본다. 서로 민망하다는 듯 웃는 별과 우주. 용기만 혼자 얼굴이 빨개져 하늘을 올려다 본다.

*

삼성역 광장에 내려앉는 일행.
"지금이 밤 12시니까, 세 시간이면 충분하겠지? 있다 새벽 3시에 다시 여기서 만나는거다."
말을 마친 미래. 루나에게 출발하자는 고개짓을 하는데,
"용기랑 가."
혼자 뻘줌이 있는 용기를 미래 옆으로 끌어온다. 표정이 확 밝아지는 용기.
"생각해 보니까 갈데가 있어서~"
루나를 노려보며 입을 삐죽이던 미래. 용기와 함께 가장 먼저 자리를 뜬다.

"혼자 있다 만약 무슨 일 생기면 어떻게?"
출발하려던 우주가 걱정된다는 듯 묻는다.
"혼자 있을려고 가는건데 무슨 일이 왜 생기는데?"
대답이 이해가 안된다는 듯 자리에서 따져보는 우주. 그사이 별이 먼저 가버리자, 서둘러 별을 따라 자리를 뜬다.
루나가 일부러 남은 이유는, 혼자가 더 편하기 때문이다. 알바도 혼자 하는 일을 해 왔고, 글을 쓰는 일도 따지고보면 혼자서 하는 일이다. 한 명이 남아도는 상황에서 모처럼 혼자가 될 기회를 놓치고 싶지 않았다.
용기가 불쌍하기도 하고... 씁슬한 미소를 짓는 루나. 갈곳도 없이 어디론가로 날기를 시작한다.

*

 산 중턱의 숲.
 나무가 없이 뻥 뚫린 부분에 내려 앉는 별과 우주.
 매일 별이 약숫물을 뜨러 다니는 고물상 뒷산. 구룡산에 왔다.
 익숙한 듯, 숲길을 앞장서 성큼성큼 걸어가는 별.
 어둠 속, 나무들이 빽빽하게 들어 찬 숲의 모습. 자연이 뿜어내는 알 수 없는 공포가 느껴진다.
 어느 순간 넓게 탁 트인 숲 속의 장소로 나온 둘. 한복판에 나이를 알 수 없을정도로 오래된, 거대한 나무 한 그루가 서있다.
 "여기가 나만의 비밀 장소야."
 말한 뒤 조금 날아올라 나무가지에 걸터앉는 별.
 희미한 빛에 휩싸인 신비로운 분위기. 주변을 둘러보며 우주가 감탄하고 있는데...

        "오~ 내 사랑, 어디 있나요~"

 갑자기 들려오는 아름다운 노래소리. 깜짝 놀란 우주가 돌아보면, 별이다.

"오늘도 그대를 상상해요~
이 밤의 어둠처럼 부드러울까~
저 하늘의 별처럼 빛날까~
이렇게 그대를 원하고 또 원하면~
언젠가 내 앞에 나타날거야~"

넋이 나간것처럼 별을 바라보는 우주.
주변을 가득 채우는 감미로운 노래. 거대한 나무의 무수한 가지들이 노래에 맞춰 손짓하듯 흔들린다.
갑자기 나무 주변에서 한 곳으로 빛의 송이들이 모여들기 시작하는 모습. 점점 빛이 밝아지며... 어느 순간, 빛무리 속에서 작고 녹색을 띤 요정이 모습을 드러낸다.
숲의 요정이다.
"다시왔구나~ 그런데 어떻하지? 이미 너의 소원을 들어줬으니 이제 내가 줄 수 있는게 없어~"
별에게 미안하다는 듯이 말하는 숲의 요정.
"아 그래요? 할 수 없죠..."
"너의 지난 소원을 다시 들어줄 순 있을것 같은데, 그거라도 괜찮을까?"
실망한 듯한 별을 달래주려하는 숲의 요정. 그러자 별이 활짝 웃으며 고개를 끄덕인다.
곧이어 하늘로 날아올라 마법을 뿌리는 숲의 요정. 그러자 근처 숲의 한 부분이 통째로 사라지고, 그 자리에 커다란 연못이 생긴다.
일을 마친 후 신기루처럼 사라지는 숲의 요정.

별이 우주를 이끌고 연못으로 데려간다.
 깊은 숲속 한 복판에서 옅은 초록빛의 빛을 발하는, 신비로운 분위기다.
 "마법의 연못. 이게 내가 보여주고 싶었던 비밀이야. 어때?~"
 환상적인 광경을 넋을 잃은 듯 쳐다보는 우주.
 별이 연못 가까이로 다가가더니, 옷을 입은 채 물로 뛰어든다. 바닥까지 투명하게 보이는 초록빛 연못 위를 유유히 헤엄치는 별.
 "너도 들어와~ 마법이라서 괜찮아~"
 그말에 연못 물에 살짝 손을 담가보는 우주.
 물이 아닌, 반짝거리는 초록빛이 손 사이로 흩어져 사라질 뿐이다. 눈을 감은 채 물을 향해 뛰어드는 우주,
 눈을 떠보면, 초록빛 신기루 사이에 반쯤 몸이 떠있다.
 물에서 처럼 몸이 떠오르는 반면, 전혀 젖지 않는다...

 연못 위에 나란히 떠 있는 둘.
 함께 말없이 밤하늘을 보고 있다. 오늘 따라 보름달이 환하게 뜬 모습.
 "나, 오디션도 봤었다."
 갑자기 별이 눈을 빛내며 말한다.
 "오디션?? 뭐야, 그럼 너 구룡도사님이랑만 지낸게 아니었어?"
 "사실은 나... 가수가 되고 싶어. 스타. 내 이름이랑도 맞고. 한 달에 한 번 외출하는 날이 있거든. 그날 봤었어. 언

제든지 찾아 오라고 했었는데... 도사님이 그걸 허락할 리는 없으니까, 진짜 꿈같은 얘기지."
"너가 노래를 그렇게 잘 하는 줄 몰랐어."
 우주가 좀전의 감동이 떠오르듯, 별을 쳐보는 표정이 미묘하다.
 갑자기 우주에게 다가가는 별. 마주보는 둘의 사이가 점점 가까워진다. 그 상태로 서로의 입술에 가까워지며 눈이 감기는 둘. 입술이 닿는 순간. 갑자기 빛이 터지며 서로에게서 튕겨난다!
 몬스터의 공격을 당한걸로 착각한 우주가 손에 마법기운을 모은 채 주위를 경계한다.
"미안~ 놀랐지? 키스 하려면 결계를 풀어야 하나 봐."
 사과하는 별. 주문을 외우는 듯 싶더니, 자신에게 직접 마법을 뿌리는데, 이마의 결계 표식이 한 번 번쩍인 후 사라지는 모습이 보인다.
"너 지금 뭐하는거야! 결계를 풀면 몬스터들이 우리를 찾아낸다며?!"
"무서우면 하지 말까?"
 우주를 똑바로 쳐다보며 말하는 별.
"아니..."
 어쩐지 유혹을 느낀 우주가 얼버무린다. 이번엔 우주를 향해 손을 펼쳐 주문을 외우자, 마찬가지로 결계 표식이 사라진다.
"이제 됐어."
 다시 분위기를 잡고 가까워지는 둘.

마법 연못에서의 달콤한 첫 키스를 나눈다.
 한편, 소리없이 연못 근처의 나무에 내려앉는 까마귀 몬스터. 곧이어 마법을 쓰면, 날개달린 작은 벌레 모습의 몬스터가 생겨나 별과 우주를 향해 날아간다.

*

 하늘 위에 걸린 달의 모습.
 육안에는 전혀 보이지 않지만, 루나가 공중에서 팔베개를 한 채 달을 감상중이다. 스스로 창작해 낸, 투명화 마법으로 몸을 가렸다.
 다른 용신들도 그렇겠지만, 이제 마법을 상상한 대로 자유롭게 사용하는 수준에 도달한 루나. 몬스터를 공격하는 것 뿐 아니라, 자신을 사라지게 할 수도 있는것이다.
 뭐, 처음부터 별 무리없이 마법을 쓸 수 있었지만, 하면 할 수록 느는 자신의 마법술에 반할 지경이다.
 아무 할일도 없이 이렇게 있다는건 정말 멋진 일이다고 생각하는 순간. 아래쪽으로 한 무리 까마귀들이 날아가는 모습이 보인다. 검은 마기가 흐르는걸로 봐서 흑요녀의 조종을 받는 듯 하다. 흑요녀가 있는 곳으로 갈지도 모른다는 생각이 든 루나. 약간의 거리를 두며 까마귀들을 쫓기 시작한다.

*

동대문 근처.
 주변을 날다가, 어느 폐허처럼 보이는 건물을 발견하는 미래. 따라오라고 용기에게 손짓한 후, 건물 입구를 향해 내려앉는다.

폐업한 백화점 입구.
 먼지가 뿌연 회전문 유리창에 영업종료를 알리는 안내문이 붙어있다. 마법으로 잠금장치를 풀어내는 미래. 회전문을 돌려 건물 안으로 들어간다.

부서진 집기류만 남은, 텅 빈 로비.
 6층 높이까지 수직으로 뚫린 공간 층층이 에스컬레이터가 연결된 모습이 웅장하다.
 "우와~ 멋진데? 이러면 완전히 놀이터잖아!"
 주위를 둘러보던 용기가 감탄한다. 폐업한 쇼핑센터에 가보자고 미래가 아이디어를 냈는데, 역시나 재밌을 것 같다.
 백화점 안 이곳저곳을 날아다니는 둘.
 곧 살아 움직일것 같은 마네킹들의 모습. 용기의 마법을 조명삼아 붉게 밝혀진 공간도 환상적이다.
 6층에 올라오자, 7층으로 향하는 에스컬레이터의 앞쪽에 놓인 극장 표시가 보인다.

곧바로 7층으로 올라가면, 상영관으로 들어가는 둘.
 객석 한 가운데 앉으면, 극장을 통째로 가진 것 같은 기분이 든다.
 "지금 영화만 볼 수 있다면, 진짜 소원이 없겠다~"
 텅 빈 스크린을 바라보며 아쉬운듯 말하는 미래.
 "잠깐만 있어봐..."
 뭔가 할게 생각난 듯, 어디론가 사라지는 용기.

 얼마 후.
 용기가 마네킹과 함께 빈 스크린 앞에 선다.
 "뭐야 너?!"
 놀라 소리치는 미래. 용기가 그런 미래를 향해 허리를 숙여 인사하고, 곧이어 마법으로 불의 고리를 만들더니, 저글링 쇼를 시작한다!!!
 서툴러서 실패하는 용기. 갑자기 옆에 세워둔 마네킹에 불이 붙는다. 그 모습을 본 미래가 기겁을 하고,
 서둘러 불을 끄려하는데... 불이 붙었다가 꺼지고, 다시 다른곳에 붙는 불을 끄며 쩔쩔매는 용기의 모습.
 그 장면이 마치 익살맞는 코미디 쇼를 보는 것 같다.
 어느 순간. 어디선가 들리는 이상한 소리에 움직임을 멈추고 귀를 귀울이는 미래.
 불쇼를 마치고 자리로 돌아오던 용기도 미래의 모습을 보고는 그 자리에 멈춰선다.
 이윽고, 조용한 극장의 머리 위 천장에서 분명히 들리는 뭔가가 움직이는 소리.

미래와 용기가 서로의 얼굴을 마주본다.

8층은 푸드코드다.
암흑의 기운이 서린것처럼 완전한 어둠. 어쩐지 주위에 공포가 서려있다.
식당 위치가 표시된 안내 팻말을 지나 조금 나아가는데, 점점 크게 들리던 소리가 갑자기 조용해진다.
"이제 돌아가자. 갈때도 됐잖아."
좀더 안쪽으로 들어가려는 미래를 용기가 부른다.
"무서워? 난 이럴수록 더 궁금해지는데~"
씨익 웃으며 말하는 미래.

드드드드두두두두두...

어둠의 깊숙한 안쪽, 뭔가가 무리지어 움직이는 소리가 시작된다. 점점 커지며 주변을 울리기 시작하는 소리.
마법의 빛을 안쪽으로 쏘는 용기.
수많은 작은 몬스터들이 한 지점을 향해 모여들고 있는 모습. 자세히 보면... 쥐다!!!!
동시에 비명을 지르며 도망치기 시작하는 미래와 용기.
눈에 보이는 비상구로 들어간 후, 옥상 밖으로 빠져나온다.

건물 위 하늘 높은 곳까지 날아오른 후에야 한 숨 돌리는 둘.

"난, 이 세상에서 쥐가 제일 무서워."
미래가 몸서리를 친다.
동시에 용기가 놀란 표정으로 미래의 뒤쪽을 가리키는데... 돌아보면, 옥상 밖으로 빠져나온 몬스터들이 자신들을 향해 방향을 틀고있는 모습이 보인다.
"뭐 저런것들이 다있어!"
경악하며 소리지르는 미래. 용기와 함께 전속력으로 약속 장소를 향해 날아가기 시작한다.

*

삼성역 광장.
전광판의 시계가 약속한 새벽 3시를 넘어서고 있다. 좀 더 높이 날아올라 주위를 둘러보던 루나. 멀리서 이 쪽을 향해 빠르게 날아오고 있는 한 무리의 움직임을 발견한다.
수많은... 쥐 몬스터들이다! 그 앞쪽으로 미래와 용기의 모습도 보인다. 이리저리 방향을 틀면서 몬스터들을 뿌리치려 애쓰는 둘. 그러나 점점 몬스터와의 거리가 좁혀들고 있다.
다른 쪽 방향에서 혹시나 별과 우주의 모습을 찾아보면, 어디에도 보이지 않는다.
갑자기 뭔가 떠오른 듯, 마법의 기운을 모으는 루나.
떠있는 달을 향해 얼음 마법을 쏜 후, 눈을 감고 마음속으로 메시지를 떠올리자, '빨리와' 라는 글자 모양의 구름이 생겨난다!
 달 바로 아래로, 마치 광고처럼 뜬 글자 구름에 만족하는 루나. 미래와 용기를 돕기 위해 날아간다.

 마법의 연못에 나란히 떠 있는 우주와 별.
 꿈결같은 상태로 밤하늘을 보고 있다.
 "이제 가야지. 다른 애들이 기다리겠다..."
 "조금만 더 있다가... 걔네도 늦을텐데 뭘."
 누가 누군지를 알 수 없는 대화. 둘 다 이 환상을 깨고싶지 않다.

'빨리와...'

 바라보던 달 근처에 생겨난 글자 모양의 구름. 한동안 멍하니 구름을 보던 둘. 어느 순간, 동시에 튕기듯 일어난다. 무슨 일이 생겼다!
 누구랄 것 없이 동시에 하늘로 날아오른다.

 "마법을 써!"
 소리지르며 루나를 지나쳐 날아가는 미래와 용기.
 "결계 없이 쓰지 말랬잖아! 별이 와야 돼!"
 둘을 쫓던 몬스터들이 방향을 바꾸더니, 그대로 루나를 향해 달려든다. 하지만 갑자기 '뽕'하고 사라지는 루나.
 갈곳을 잃은 몬스터들이 우왕좌왕한다.

그때. 주변에 생겨나는 거대한 결계의 막. 별이 왔다!
 미래와 용기쪽에서 다시 모습을 나타내는 루나. 그들의 시선으로 마법의 기운으로 몸을 휘감은 상태의 우주와 별이 보인다.
 누구랄 것 없이 마법을 쏘기 시작하는 용신들. 곧이어 전열을 갖춘 쥐 몬스터들이 다시 빠른 속도로 달려들기 시작한다.

 한 곳으로 모여 몬스터를 향해 총 공격을 퍼붓는 용신들. 어느 순간, 그들 각자의 몸이 빛의 마법을 나타내는 노란빛, 불의 마법을 나타내는 붉은빛, 물의 마법을 나타내는 푸른빛, 그리고 얼음의 마법을 나타내는 흰빛을 발하기 시작한다. 한 눈에 보기에도 더욱 세진 듯한 마법의 기운.
 몬스터에게 하나로 집중되던 네 가지 빛깔의 마법이 어느 순간 소용돌이치기 시작한다! 넘쳐나는 마력에 휩쓸려 소멸되는 몬스터들.
 모든 상황이 끝난 후의 삼성역은, 완전한 폐허가 됐다...

"뭔가 레벨업 된 기분이야."
 시험삼아 마법으로 만들어 낸 얼음의 창을 살펴보며 말하는 루나. 그걸 본 미래가 마법으로 채찍을 만들어 휘두르고, 용기는 손바닥에서 불구덩이를 연사로 발사한다.
 우주는... 마법으로 만들어 낸 빛의 검을 손에 쥔채 감탄하며 바라보고 있다.
"그만 하고 돌아가자. 이러다 해 뜨겠어!~"

소리치며 주변에 쳤던 결계를 해제하는 별. 순간 부서져있던 모든 것들이 원상태를 회복하기 시작한다. 그 광경을 잠시 함께 지켜보는 일행.
 이윽고 별이 고물상을 향해 앞장서 날아가고, 그 뒤를 용신들이 따라간다.

 일행의 뒤로 몰래 따라붙는 까마귀 한 마리.
 언제부터인지 모르지만, 일행을 지켜보고 있었던 듯 한데, 일행은 전혀 눈치채지 못한다.
 그 불길한 기운이 용신들을 쫓아간다.

5장. 악몽

어스름한 새벽.
별이 여느때처럼 산에서 약숫물을 떠온다.
주문으로 결계를 열고 고물상 문 안쪽으로 들어가는 별.
결계가 완전히 닫히기 직전. 마지막 틈사이에 끼어드는 몬스터 한 마리. 작은 벌레의 모습이다.
별이 시야에서 사라지면, 몸이 부풀어 오르기 시작하는 몬스터의 모습. 동시에 결계의 틈이 점점 더 벌어지기 시작한다.

"들어오너라."

구룡도사의 말이 떨어지자, 열리는 방문.
약숫물이 담긴 물그릇을 쟁반에 받쳐 든 별이다.
정갈히 촛불을 켜놓고 명상을 하던 구룡도사. 별이 건네는 물그릇을 받아서 시원하게 물을 들이킨다.

"그래, 어제는 밖에서 별일 없었느냐?"
잠시 별의 얼굴을 찬찬히 바라보던 구룡도사가 묻는다. 당황하여 챙기던 물그릇을 떨어뜨리는 별. 바닥에 떨어진 그릇이 정확히 반쪽이 난다. 무슨 신점 같다.
"...별일 없었습니다 도사님."
구룡도사의 눈을 피하며 말하는 별.
"너도 이제 다 컸으니, 앞으로 이 세상을 어떻게 살아야 할지 생각이 많이 들 것이다. 허나, 너는 보통 인간들과는 다른 선택받는 존재라는 사실을 잊지말거라."
 깨진 조각을 쟁반에 주워담는 별. 조용히 고개만 끄덕인다.
 "너에게 줄게 있다."
 미리 준비해둔 것처럼, 서랍에서 목걸이를 하나 꺼내 건네는 구룡도사. 보라빛을 내는 보석이 달려있다.
 "생명의 힘을 가진, 영원의 보석이다. 그걸 항상 몸에 간직하거라, 언젠가 반드시 필요할것이다. 가보거라."
 말을 마친 구룡도사가 다시 명상으로 돌아간다.

 자신의 방으로 돌아온 별.
 책상에 앉아 구룡도사가 준 목걸이를 목에 건다.
 도사님에게 처음 받아보는 선물.
 보라빛 보석을 찬찬히 들여다보면, 신비로운 기운이 흐르고 있다. 생명의 힘이라...
 그때. 방 밖에서 들리는 이상한 소리. 조심스럽게 방 문을 열어 살피면, 거대한 지네 몬스터가 맞은편 용신들의 방을 향해 다가가는 중이다.

 "얘들아 위험해!!!"
 있는 힘껏 외치는 별.
 곧바로 마법을 써서 몬스터를 붙잡는데, 생각보다 훨씬 강력한 몬스터의 마력에 버틸수가 없다. 결국 몬스터는 방 문을 부수고 들어가버린다.
 동시에 벽을 뚫고 나타난 흑요녀. 어떻게 할 새도 없이 별이 흑요녀의 마법에 붙잡힌다.

*

 뭔가의 소리에 눈이 떠진 우주.
 눈앞에 거대한 지네 몬스터가 보인다. 우주의 움직임을 본 몬스터가 달려들고, 순간적으로 빛의 마법을 써서 공격을 막는다.
 "일어나! 괴물이다!!!"
 몬스터와 힘겨루기를 하며 다른 용신들을 깨우는 우주.
 잠에서 깬 용신들이 상황을 이해하는 순간, 몬스터의 다음 공격에 당한 우주가 쓰러진다.

 비명소리를 듣고 방을 뛰쳐나온 구룡도사.
 별을 붙잡은 채로 막 날아가려는 흑요녀와 정확히 시선이 마주친다.
 순간적으로 주문을 외워 흑요녀를 향한 일격을 날리는 구룡도사. 날카롭게 날아드는 마법에 한쪽 날개가 잘린 흑요녀가 붙잡고 있던 별을 놓친다.
 바닥에 떨어진 별에게 보호 결계의 주문을 마치는 순간, 흑요녀의 반격을 정통으로 맞은 구룡도사가 그 자리에 쓰러진다.
 다시 별을 데려가기위해 다가가는 흑요녀. 그러나 결계때문에 붙잡을 수 없다는 걸 확인하자, 화가나는 듯, 괴성을 지르는데...
 한편, 다 함께 힘을 합쳐 지네 몬스터를 물리친 용신들.
 방 밖으로 나오자마자 마주친 흑요녀와의 싸움을 시작한다.
 흑요녀가 내지른 마법 공격을 막아내는 루나. 그러자 미래가 물의 마법을 써 몸을 못 움직이게 옭아매고, 마지막으로 용기의 손끝에서 불의 마법이 뿜어져 나와 공격한다.
 강력해진 용신들의 마법에 당황하는 흑요녀. 옭아맨 미래의 마법을 힘겹게 뿌리치고 도망쳐 사라진다!

 흑요녀가 떠나자 다시 조용해진 집. 그 와중에 반쯤 부서진, 폐허로 변했다.
 용신들이 쓰러진 우주에게 가면, 구룡도사에게 달려가는 별. 별을 알아본 구룡도사가 품 안에서 낡은 책 하나를 꺼내 손에 쥐여준다.
 "모든 비밀은 이 안에 다 적혀있다... 너희가 잘 해낼거라고 믿는다..."
 말을 마치면, 점점 모습이 사라지기 시작하는 구룡도사. 때맞춰 옆에 온 용신들이 별과 함께 구룡도사의 마지막 모습을 숙연하게 바라본다.
 구룡도사가 완전히 사라지면, 갑자기 지진이 난 것처럼 건물 전체가 흔들리기 시작한다.
 "여기서 벗어나야돼! 빨리!"
 소리치는 별. 의식이 없는 우주를 부축한 용신들과 부서져 뚫린 천장위로 날아오른다.

결계가 쳐져 있던 위치 바깥에 내려앉는 일행.
눈앞의 고물상이 있던 자리는 땅속으로 무너져 꺼진, 거대한 싱크홀이 되버렸다.
무참한 광경을 망연자실하게 바라보는 용신들.

"해가 뜬 이후에 사용된 마법의 힘은, 인간계에 돌이킬 수 없는 피해를 줘. 도사님이 죽어서 결계가 없어지니까 저렇게 된거야."
설명하는 별. 의식없이 쓰러져있는 우주의 상태를 살피면, 몸 전체가 시커멓게 변해있다.
"독마법이 몸에 완전히 파고들었어. 이 상태면 얼마 버티지 못할거야..."
"살릴 방법이 있어?"
루나가 묻는다.
"있어. 너희 세 명 다 도와줘야만 할 수 있는건데... 굉장히 위험할지도 몰라."
"어떻게 위험한데?"
"자신의 가장 끔찍한 기억과 싸워야 해..."
심각한 표정이다.
"내 기억하고... 싸운다고? 지면 어떻게 되는데?"
이번엔 미래가 묻는다.
"그 기억속에 갇힌채로 영원히 나올 수 없어."
별의 대답. 차가운 송곳으로 찌르는 것 같은 느낌이다.

"할게."
 미래가 마음을 정한듯 대답한다.
 "나도."
 뒤따라 답하는 용기. 하지만 루나만은 여전히 입을 다문 채 꼼짝하지 않는다.
 "시간이 없어. 일단 사람 안 다니는 안전한 장소로 자리부터 옮기자. 서둘러야 해."
 더이상 기다리지 못한다는 듯이 말하는 별.
 "적당한 데가 있어."
 웬일로 먼저 나서는 용기. 곧바로 우주의 몸을 들쳐업은 채 날아오른다.
 어디론가를 향해 가는 용기의 뒤를 일행이 쫓아간다.

*

 폐업한 예식장의 안쪽으로 들어서는 일행.
 마법의 빛으로 주변을 밝히면, 텅 빈 예식홀 이곳저곳에 흩어진 의자와 테이블들. 모든 것에 먼지가 수북하다.
 "여기면 괜찮을 것 같아."
 둘러보며 말하는 별. 주문을 외워 예식장 전체에 보호 결계를 친다.
 빈 테이블 위에 우주를 눕혀놓고, 그 주위로 빙 둘러 모인 일행.

"우주를 살려내려면 생명초가 있어야 해. 그 생명초를 만들 재료를 구하러 정령신의 세계로 가는거고. 마음을 정했으면 얘기해 루나."

일행의 시선이 루나에게 모인다. 루나까지, 세 사람이 있어야 한다고 했다.

"그래도, 기억과 싸워야 한다는건..."

말끝을 흐리는 루나.

"너 자신을 믿는다면, 걱정하는 일은 절대 일어나지 않아. 나도 해봐서 알아."

루나의 눈을 똑바로 바라보며 말하는 별. 마침내 루나가 고개를 끄덕이자, 별이 눈을 감고 주문을 외우기 시작한다.

어디선가 안개처럼 피어오르는 마법의 기운. 일행의 눈앞을 가린다.

다시 안개가 걷히면, 어딘지 모를 평원에 난 길 위에 서 있다. 사방으로 푸른 지평선이 펼쳐진 엄청난 풍경.

정령신의 세계에 들어왔다!

"이제부터 벌어지는 일은 누군가의 기억 속이야. 정령신의 선택을 받은 사람의 기억이 길이 되어 나타나니까, 자기 기억이다 싶으면 그 길을 가. 최대한 긴장 풀고, 느껴지는 대로 받아들이기만 하면 돼."

한 줄기 나있는 길을 앞장서 걸어가는 별. 그 뒤를 용신들이 따라간다.

어느 순간. 길 앞쪽에 물이 흐르나 싶더니 점차 물길이 커지며 거대한 강이 생겨난다. 이건 도대체가... 꿈이아니고 서야 이렇게 풍경이 빠르게 변할 리가 없다.
"저건 내 기억일 것 같아."
 일행 앞으로 나서는 미래. 강물 속으로 난 길을 걸어들어 간다.

 물속을 자유롭게 헤엄치던 미래.
 어느새 어린 시절의 자신이 된 채로, 기억 속의 한 장면에 서 있다.
 아빠를 찾아 동네를 헤매다닌다. 마침내 아빠를 찾지만, 매정하게 외면하며 닫히는 문. 다시 길거리를 떠돈다...
 세월이 흐른 듯, 갑자기 어른이 된 모습. 성공해서 멋지게 차려입은 차림이다. 내가 성공 한 적이 있었나?... 생각하는 찰나, 길 앞 바닥에 엎드려 구걸하는 사람이 눈에 걸린다.
 자세히 보면... 아빠다. 문득 자신의 손을 보면, 손에 가시 채찍이 들려있다. 채찍을 든 손을 빙글빙글 휘두르기 시작 하는 미래. 점점 날카로워지는 윙윙 소리.
 마침내 쥔 손에 힘이 들어가려는 순간. 채찍을 집어 던진다!
 아빠에게 달려가는 미래. 눈물을 흘리며 껴안아 일으켜 세운다. 조그맣게 뭔가를 웅얼거리고 있는 아빠에게 가까이 귀를 기울이는 미래.
"...목말라..."
 그 순간, 자신의 손에 들려있는 물병. 아빠에게 물을 먹이는 미래. 다시 하염없이 우는데, 주변이 변하며 강 밖에 서

있다. 손에 계속 들려있는 물병과 함께, 기다리고 있는 일행에게로 돌아간다.
 "저건 생명의 물이야. 잘했어 미래."
 칭찬해주는 별.
 어느새 강이 사라지고 이번엔 바위와 돌 덩어리가 뒹구는 황량한 산 중턱의 모습으로 변하는 주변 풍경.
 "이곳에선 쉬지말고 계속 가야 돼. 자 가자."
 멍 한채로 구경하는 일행을 재촉하면, 산 정상으로 향하는 가파른 길을 오르기 시작한다. 실제인 것처럼 숨이 턱까지 차고, 땀이 흐르는데... 마침내 산 정상에 도착한다.

 눈앞에 나타난 거대한 분화구의 모습.
 심지어 간간이 불기둥이 솟구치는, 지옥같은 풍경이다.
 할말을 잊은 채 바라보는 일행.
 "이건 나 겠지?"
 용기가 한걸음 앞으로 나서자, 불기둥을 향해 한줄기 길이 열리는 모습. 그 불길 속으로 걸어가기를 시작한다.
 갑자기 뜨겁게 타들어가는 느낌에 비명을 지르며 웅크리는 용기. 그대로 불태워질 듯 하더니, 점점 잦아들며 편안해진다.
 조심스럽게 눈을 떠 보면, 학교 교실. 자신이 책상에 엎드려 있다.
 주변으로 소란스러운 소리와 움직임들. 쉬는 시간인듯 한데, 숨이 점점 가빠지며 공포에 휩싸이는 용기.
 어느 순간. 용기의 몸에 물벼락이 쏟아진다. 이어서 시작되는 발길질. 책상 옆에 나동그라져 아이들에게 짓밟히고 있는 몸에서 벗어나는 용기. 남겨진 상태의 자신을 바라본다.

 분노로 점점 몸에서부터 치솟아 오르기 시작하는 불길. 격렬한 타오름이 폭발하기 직전,
 '여기서 멈추겠어. 날 사랑하니까. 저들에게 더 이상 마음을 주지 않겠어. 그리고, 내가 사랑하는 일을 하겠어.'
 마음 속으로 주문을 외듯 외치는 용기. 양 팔로 자신의 몸을 껴안으면, 불길이 사그라들며 잠잠해진다.
 성난 얼굴로 자신을 노려보는 시선을 무시한 채 교실 밖을 향해 걸어나가는 용기. 한걸음 한걸음 걸어 나갈때마다 못 가게 막아서는 힘을 이겨내고, 마침내 교실 문을 나선다!

 불기둥의 화염 밖으로 나오는 용기.
 아무것도 없이 돌아온 용기의 모습에, 일행이 어떻게 된 일이냐는 표정으로 쳐다본다.
 모두를 향해 주먹쥔 손을 펼치는 용기. 그안에 담겨있는 불씨를 내보이면, 별이 알아보고는 고개를 끄덕인다.
 "저게 바로 생명의 불이다. 수고했어. 용기!"

 이번엔 숲속으로 변하는 주변.
 일행이 다시 길을 걸어가고, 이윽고 외나무 다리가 놓여진 절벽에 다다른다. 다리의 건너편으로 보이는 **빽빽**하게 우거진 숲의 모습.
 마음의 부름을 받은 듯, 앞서 나갔던 루나가 다리 앞에 선

채로 꼼짝하지 않는다.
 어느덧, 걸어왔던 길 뒤쪽으로 밀려들기 시작하는 어둠.
조금씩 길이 사라져가고있다.
 "시간이 없어. 못하겠으면 비켜!"
 상황을 초조한 듯이 보던 별이 마침내 루나를 끌어내려 붙잡는데, 별의 손을 뿌리쳐낸 루나.
 이를 악 물고 다리를 건너기 시작한다. 몸을 떨며 위태롭게 건너가는 루나. 떨어질 듯 위기를 넘기며 건너편에 도착하는 순간, 밀려들던 어둠이 모든걸 집어삼킨다.

 어느 집 문 앞.
 기억 속 그대로다. 책가방을 맨 채로 서 있다.
 망설이던 루나. 마침내 문을 열고 안으로 들어간다.
 들어서자마자 거실 벽에 부딪혀 박살나는 꽃병의 모습.
 이어지는 고함소리와 다투는 남자 여자의 목소리.
 방을 향해 전력질주로 뛰어들어가는 루나. 문을 잠근 후 뒤돌아 이어폰으로 귀를 틀어막고, 덜덜 떨리는 손으로 헤비메탈 곡을 찾아 플레이 버튼을 누른다.
 눈을 감은채 볼륨은 최대로,
 그렇게 쾅쾅대는 음악 소리가 완전히 주변을 덮는다.

 어느 순간, 음악이 멈춘다.
 눈을 뜨면, 아무 소리도 나지 않는 집. 방문이... 열려있다.
 방 밖으로 나가는 루나. 지독한 악취 속 온통 시커멓게 끈적대는 공간. 그 너머로 열린 문이 보인다.

문 밖에 보이는 숲의 초록 빛. 그 초록을 바라보며 한걸음 한걸음 걸어가는데,
 어느 순간, 뒤쪽에서 부르는 목소리들이 들린다.
 애원하다가도 화내고. 차갑게 변하다가, 힘없이 흐느끼는 목소리들. 그러나 루나는 오직 문 밖의 숲을 바라보며 계속 걸음을 옮긴다.

 밖으로 나온 루나.
 어느새 자신을 둘러싼 채로 내려다 보고 있는 용신들과 별의 얼굴이 보인다.
 "다행이야! 돌아왔어!"
 루나를 보며 안도하는 별. 그 옆으로, 이제 거의 사라져가고 있는 우주의 모습도 보인다.
 완전히 꿈에서 깨어 예식장으로 돌아와있는 상황.
 막혔던 숨을 들이키며 콜록거리는 루나. 기침과 함께 밖으로 식물의 잎같이 생긴 초록빛 조각이 튀어나온다.
 서둘러 주문을 외우는 별. 그러자 마법의 냄비 같은 물체가 일행의 눈앞에 생겨난다.
 "정령신에게 받아온 것들을 여기 넣어!"
 별의 말에 물병의 물을 냄비 안에 털어넣는 미래. 용기는 손에 쥔 불씨를 넣고,
 "난 아무것도 없는데?"
 곤란한 표정으로 말하는 루나. 별이 루나가 뱉어냈던 초록빛 조각을 찾아 건넨다.
 "이게 너가 받은 생명의 풀이야! 빨리!"

냄비 안에 조각을 던져넣는 루나.
 모든 재료가 모인 듯, 주문을 외며 손짓으로 냄비를 휘젓는 별. 그와 동시에 마법의 기운이 넘쳐나는 듯, 냄비 밖으로 빛이 뿜어져 나오기 시작한다.
 어느 순간, 폭발하듯 팡! 터지는 빛줄기. 이 후 잠잠해지면, 냄비 안에 손을 넣는 별. 잎사귀 처럼 보이는 걸 하나 꺼낸다. 눈부신 초록빛을 발하는 작은 잎사귀.
 완성된 생명초다.

 완전히 사라지기 직전. 마지막으로 깜박이던 우주.
 입 안에 생명초를 집어 넣으면,
 순간. 우주의 몸 전체로 퍼지는 잎사귀의 초록빛.
 희미한 상태에서 다시 선명하게 돌아오는 형체. 시커멓게 독이 올랐던 안색도 원래의 모습을 회복한다.
 곧이어 우주가 눈을 뜬다.

*

"여기가 어디야?"
 처음 보는 예식장 풍경을 보며 묻는 우주.
 "너가 정신을 잃고나서 일이 좀 있었지. 여기는 우리가 잠깐 숨어있는 곳이야."

별이 말한다.
"내가 지네 몬스터를 막고있었는데... 그 다음이 생각나질 않아. 그래서 어떻게 됐어?"
대답을 못하는 별. 갑자기 눈에서 눈물이 흘러내린다.
"구룡도사님이 돌아가셨어. 고물상은 없어졌고. 너도 죽을 뻔 했었는데 살려낸거야."
아무도 말하지 않자 용기가 나서서 말한다. 다시 이어지는 무거운 침묵.

"...아무리 생각해도 이상해. 혹시 우리가 밖에 나갔던날 뒤따라 왔던게 아닐까?"
루나가 침묵을 깬다.
"보호 결계때문에 우릴 볼 수 없잖아? 싸울때도 결계 안에서 싸웠고. 혹시 밖에서 마법 쓴 사람이 있었어?"
용신들을 바라보며 묻는 미래. 우주가 눈을 마주치지 못한 채 고개를 숙인다.
"...놀다가 결계를 잠깐 풀었던 적이 있었어..."
갑작스러운 별의 고백.
"결계를 풀었다고? 그럼 이게 다 너 때문에 생긴일이란 말야?"
별에게 달려드는 미래.
"그만해! 내 책임도 있어. 미안하다 얘들아..."
그 사이를 우주가 막아서며 털어놓는다. 혼란스럽게 둘을 바라보는 미래.
"너네가... 하... 기가막혀서 말이 안나오네."

"...우리가 살아남았던 건, 구룡도사님이 흑요녀의 한쪽 날개를 잘라냈기 때문이었어. 아직 하나로 합체되는 방법도 못배웠는데, 구룡도사님은 없고. 우리 이제 어쩌냐?"
어쩐지 맥 빠진 느낌으로 말하는 루나.
그러자 별이 품속에서 책을 꺼내 일행에게 보인다.
"도사님이 돌아가시기 전에 남긴 마법서야. 이 안에 모든 비밀이 있다고 하셨어."
별이 건네는 책을 받아 보는 루나.
펼쳐보려 하는데, 책이 열리지를 않는다.
"잠겨있는데?"
그 말에 주문을 외며 마법을 써서 열기를 시도하는 별. 그럼에도 소용이 없다. 지켜보던 일행이 마법의 힘을 보태기 시작하는데,
"...해가 떠있는 동안 마법 공격을 받은 물건이나 장소는 돌이킬 수 없는 피해를 보지?"
난데없는 우주의 말. 일행이 하던 걸 멈추고 돌아본다.
"그럼, 마법에 의한 상처도 회복되지 않겠네?"
뭔가 맞는 말이다. 그 말이 뭘 의미하는지 각자 머리를 굴리는데,
"별아, 혹시 너의 영능력으로 지금 흑요녀가 어디있는지 알 수 있어?"
대답없이 별이 고개를 절래절래 흔든다.
"그러니까, 다친 흑요녀를 잡자는 말?! 어머 완전 말 돼네~ 일단 지금 다섯 시야. 해 질려면 한 시간 정도 남았어."
우주의 작전을 알아챈 미래가 말한다.

"사실 그날 밤에, 나 까마귀들을 따라갔었어. 걔들이 모여 있는 장소를 봤고. 내 생각엔 흑요녀도 거기 있을 것 같아."
이번엔 루나가 털어놓는다.
"해 지기 전에 잡자. 어때?"
일행을 둘러보며 말하는 우주. 서로의 눈빛을 확인하며 다 같이 고개를 끄덕인다.

*

마지막 빛을 비추고있는 여름 태양.
서울이 온통 오랜지 빛에 물들었다.
"저 집이야."
루나가 가리키는 방향을 보면, 아래쪽으로 정원이 딸린 유럽풍 저택이 보인다.
자세히 살펴보면, 정원과 저택 곳곳에 잠들어 있는 몬스터들의 모습. 완전히 어두워지면, 저들이 전부 깨어날 것이다. 서둘러야 한다.
몬스터들이 모여있는 곳에서 좀 떨어진, 정원 가장자리의 나무 뒤쪽으로 내려 앉는다.
저택과 정원 전체를 보호 결계로 덮으면, 흑요녀와 싸우러 갈 준비가 끝났다.
"너는 여기 있어줘 별아. 만약 우리한테 무슨 일이 생긴것 같으면, 구하러 올 생각하지 말고 도망쳐."

그래도 같이 가겠다고 말 하려던 별.
앞에 선 네 용신들의 모습을 잠시 바라본다. 처음 고물상에서 지켜보던 모습과는 완전히 달라진 상태. 몸에서 신비로운 광채가 나고, 얼굴도 훤~ 해졌다.
어쩐지 마음이 놓여 고개를 끄덕인다.
용신들, 저택의 입구를 향해 조심스럽게 날아간다.

1층 현관.
앞장서 살피는 루나. 복도쪽의 상황은, 사냥개 몬스터가 있다.
경계하는 임무를 부여받은 듯 눈을 감은채 복도를 주기적으로 왔다갔다하는 모습.
상황을 전달하면, 함께 궁리를 시작하는 일행.
방법이 생각난 미래가 용신들에게 속삭인다.

복도에 나타난 뼈다귀 한 개.
용기의 마법으로 만들어 낸, 허상이다.
어느 순간. 뼈다귀의 존재를 발견한 몬스터. 귀를 쫑긋 세우더니 다가가는데... 뼈다귀가 움직이면, 홀린듯 뒤따라가는 몬스터. 그대로 뼈다귀는 서서히 열려있는 현관문 밖으로 날아가고. 몬스터가 문 밖으로 나가면, 문 뒤에 숨어있던 용신들이 현관문을 닫는다.
성공이다!

복도를 벗어나면, 거실이 있다.

이곳 역시 모여 잠들어있는 몬스터들. 그러나 흑요녀의 모습은 보이지 않는다. 각자 흩어져 부엌과 방쪽을 확인하고 나온 용신들이 어디에도 없다는 사실을 고개를 저어 알린다.

 2층으로 올라가는 계단.
 계단 중간 쯤에 엎드려 잠든 몬스터 한 마리가 있다. 실로 절묘한 위치. 심지어 일정한 간격으로 눈을 떳다 감았다 하고있다.
 눈을 감은 순간의 타이밍에 맞춰 몬스터의 위를 넘어가기로 작전을 짠 용신들. 한 명씩 조심스럽게 실행하는데,
 마지막 우주 차례.
 눈 위쪽을 막 넘는 순간. 갑자기 몬스터가 눈을 뜬다.
 그대로 움직이지않은 채, 그 눈을 똑같이 노려보는 우주.
 세상이 멈춘듯한 시간이 흐르고, 마침내 몬스터가 다시 눈을 감는다. 그때를 맞춰 무사히 넘어가는 우주. 지켜보던 모두가 가슴을 쓸어내린다.

 2층에 올라온 일행.
 그들 앞으로 끝없이 계속되는 복도의 모습. 마찬가지로 무한대로 이어지는 방문들이 보인다. 이건 분명히 자신의 위치를 숨기려는 흑요녀의 농간이다.
 "와 엄청난데~"
 "이렇게 된 이상, 이제는 마법을 써야겠군. 자 모두들 준비 됐지?"

루나가 일행을 바라본다.
마법을 쓰는 순간, 주변의 모든 몬스터들이 깨어 쫓아올 것이다. 서로를 마주보며 고개를 끄덕이는 용신들.
힘을 모으는 루나. 눈보라 소용돌이를 만들어 복도의 끝을 향해 쏘면, 소용돌이가 지나가는 곳마다, 방문들이 활짝 열린다!
소용돌이를 바짝 뒤따라 날아가는 용신들.
곧이어 뒤쪽으로 한 무리 몬스터들이 나타나 쫓아오기 시작한다. 1층에서 올라온 몬스터들이다.
뒤쪽을 맡은 용기. 마법 불덩이를 쏘아대며 저지하기 시작하고, 마침내 복도 막다른 곳의 열리지 않는 방문을 발견하는 용신들. 모두 모여 동시에 마법을 쏘면, 문에 걸려있던 마법이 부서지며 문이 열린다!

들어가자마자 문을 닫아거는 용신들.
안쪽은 동굴같이 어둡다.
조심스럽게 빛을 비추면, 여기저기 모여 잠들어있는 까마귀 몬스터들의 모습.
가장 안쪽의 거대한 고치 안에 들어있는 흑요녀의 모습을 막 확인하는 순간.
잠에서 깨어난 몬스터 한 마리가 내지르는 날카로운 소리.
순식간에 모든 몬스터들이 전부 깨어난다!
곧바로 용신들을 향해 격렬한 육탄공격을 시작하는 몬스터들. 그 와중에 고치가 갈라지더니 흑요녀가 밖으로 나와 용신들의 앞에 선다.

흑요녀의 손짓에 주위로 새카맣게 모여들기 시작하는 몬스터들. 보호하듯 둘러싼 채 공격 채비를 갖춘다.
 순간, 각자의 마법을 상징하는 빛으로 몸이 빛나는 용신들. 곧이어 모여든 몬스터 무리를 향해 동시에 마법의 힘을 쏟아 붓는다!
 함께 쏜 마법에 맞아 부서지며 사라지기 시작하는 몬스터들의 무리. 마침내 전부 소멸되면, 안쪽에 있어야 할 흑요녀의 모습은 사라지고 없다.
 까마귀 깃털 몇 개만 빈 자리에 남아있는 모습.
 "도망쳤어..."
 이 상황을 믿을 수 없다는 듯한 루나의 표정.
 그때. 갑자기 주위가 지진이 난 듯 흔들리며 건물이 무너지기 시작한다.
 "어? 결계가!? 설마 별이가..."
 곧바로 무너져 뚫린 천장 밖으로 날아가는 우주.
 일행이 그 뒤를 쫓아가보면, 별이 있어야 할 나무 뒷편엔 아무도 없다.
 주변에 떨어져있는 마법서를 발견하고 챙기는 루나.
 점점 더 완전히 땅 속으로 꺼지기 시작하는 곳에서 용신들이 벗어난다.

*

빌딩 옥상.
충돌방지용 조명의 깜박임이 먼지를 뒤집어 쓴 채 앉아있는 용신들의 모습을 비춘다.
"이대로 있으면 위험하지 않을까?"
용기가 침묵을 깨고 말한다.
"이젠 어차피 어딜가나 마찬가지야. 몬스터들이 알아서 찾아오면, 땡큐지 뭐."
미래의 대답.
"마법서만 볼 수 있으면 이 게임, 끝나는건데..."
손에 든 마법서를 만지작거리는 루나.
"모든 비밀이 다 적혀있다는게 진짜일까?"
"별이도 없는데 어떻게 봐~ 있으나 마나지 뭐."
"...별이는 어떻게 됐을까?"
그 말을 끝으로 사라진 별에 대해 생각하는 용신들.
그들의 시선 아래, 서울의 밤거리가 무심히 흐른다.

"맞아! 방법이 있었어!"
갑자기 뭔가 생각난듯 소리치는 우주. 용신들이 영문을 몰라 빤히 쳐다본다.
"별이랑 같이 갔던 곳에서 숲의 요정을 봤어. 노래를 부르면 나와서 소원을 들어줬다고!"
갑자기 흥분한 채 혼자 떠들어대는 우주.
"요정이 노래를 부르면... 소원을 들어준다고??"
잘 이해하지 못하겠다는 표정들. 서로를 멍 하니 쳐다 볼 뿐이다.

*

 어둠에 잠긴 구룡산의 모습.
 앞장선 우주가 아래쪽을 유심히 살핀다.
 "찾았어!"
 마침내 별과 함께 갔던 요정 숲의 입구를 발견했다!

 숲길을 걸어가는 용신들.
 어둑한 길을 마법으로 밝힌 채 걸어가는데, 점점 더 갈수록 주변 나무들에 의해 길이 좁아진다.
 "나무들이 우리를 공격하려고 하는 것 같아!"
 이상한 조짐을 감지한 루나가 외친다.
 동시에 빠르게 자라나며 길을 막아서는 나뭇가지들.
 "안돼!!!"
 옆에서 불의 마법을 막 쏘려하는 용기를 우주가 기겁하며 막아선다.
 공격하면 모든게 다 끝나버릴지도 모른다. 초대를 받지도 못한 손님 입장에서 최소한의 예의란게 있어야 한다. 여기는 요정이 사는 집이다...
 그 상태로 사방에서 점점 용신들을 향해 조여들어오는 나뭇가지들.
 '뭔가가 잘못됐어. 지난 번하고 뭐가 다르지?'

머리를 굴리는 우주의 눈에 자신의 한 쪽 손 위에서 빛나며 사방을 비추고 있는 마법의 빛이 보인다.
빛을 끄는 우주.
캄캄한 어둠 속. 좁혀오던 나무가지들이 물러나며 길이 원래대로 돌아온다.
안도의 한숨을 쉬는 일행. 어둠 속을 계속해서 나아간다.

탁 트인 장소로 나온 일행.
오래된 큰 나무와, 희미한 빛에 휩싸인 신비로운 분위기.
용신들이 감탄하며 주위를 둘러본다. 우주가 처음 이곳에 왔을때와 똑같은 반응이다.

"사랑하지 말아주세요..."

갑자기 노래를 부르기 시작하는 우주. 깜짝놀라 쳐다보는 용신들의 시선에 얼굴이 시뻘겋게 달아오르는데...

"...떠나면 슬픔만 남잖아요~"

어쩔수 없다. 노래를 해야 요정이 나타난다.
아빠가 주방에서 일할 때 종종 부르던 노래. 노래를 불러야만 할 때가 됐는데, 이 노래밖에 생각나는게 없다.
나무를 향해 시선을 고정한 채 무작정 계속한다.

"사랑하지 말아주세요 아픔도 없어요~

　　　　절망도 없어요~ 이별도 없어요~"

 눈을 감고 감정을 잡으려 애쓰는 훈. 그럴수록 목소리는
더 떨리고, 음정이 위 아래로 널을 뛴다.

　　　"하지만 사랑할 때만은 행복했어요~
　　　　이별해도 난 또 사랑할거야~"

 한 소절을 마친 듯, 눈을 뜨는 우주.
 숲의 요정이 나왔나 주변을 둘러보면, 얼굴을 찌푸린 채
자신을 쳐다보는 용기와, 손으로 귀를 막고 딴 곳을 보고있
던 루나만 보인다.
 "요정은 어딨는데?"
 "나도 모르겠어. 정 그러면 너네가 노래를 불러 보던가."
 일행에게 변명처럼 말하는 우주.

　　　　"샤랄랄라 랄랄랄라~
　　　　라랄라라 랄랄라~"

 갑자기 어디선가 들리는 달콤한 노래소리.
 보면, 나무가지에 걸터앉은 미래가 밤하늘을 바라보며 노
래하고 있다. 기억 속 별이 했던 모습이 어렴풋이 겹쳐 보
인다.

　　　"모든게 아름다운 영혼의 순간~

그대와 함께 이 밤을 날아요~"

 점점 귀기울이며 빠져드는 일행.
 주변의 나무가지들이 노래에 맞춰 흔들리는 모습이 보인다. 이럴수가, 이건... 별이 때와 같다!

"원하는 건 이루어 질거예요~
우리의 세상으로 날아가요~"

 노래를 마치는 미래. 나무 주변에서 생겨나기 시작한 빛의 송이들이 한 곳으로 모여든다.
 곧이어 빛 무리 안쪽에서 나타나는 숲의 요정.
 "아름다운 노래를 들려줘서 고마워. 보답으로 나도 소원을 들어줄게. 너의 소원을 말해 봐."
 잘 해내라는 표정으로 미래를 지켜보는 용신들.
 루나가 마법서를 건네주면, 마법서를 숲의 요정에게 들어 보인다.
 "이 마법서의 비밀을 알려줘."
 손짓으로 마법서를 끌어오는 요정. 저절로 열리는 마법서를 본 일행이 기뻐한다.
 "좋아. 그러면, 여기에 적혀 있는 것 중에 두 가지를 알려줄게. 준비 됐으면 물어봐."
 내용을 이미 다 안다는 것처럼 말하는 요정. 미래가 잠깐 생각을 정리한 후 말하기 시작한다.
 "먼저, 하나로 합체하는 용신의 비밀에 대해 알려줘. 그리고 다른 하나는... 몬스터들이 봉인된 장소를 알려줘."
 말을 마치자, 긴장된 분위기가 시작된다. 만약 물어본 내용이 책에 없다면, 아무 말도 못 듣는다...
 "좋은 선택이야. 둘 다 이 책에 있는 내용이고."
 요정의 대답에 모두가 긴장해서 멈췄던 숨을 몰아쉰다.

 "먼저, 하나로 합체하는 용신의 비밀은, 다 함께 손을 잡은 채 기운이 통할 때 주문을 외워. '이 세상 모든 기운이여, 하나의 용신으로 뭉쳐라'..."

 요정이 가르쳐준 대로 서로 손을 모으는 용신들.
 마음속으로 알려준 주문을 외면, 어느 순간 각자의 몸에서 빛이 솟구치며 한 곳으로 뭉치는 용신들.
 그곳에 거대한 한 마리의 용이 나타난다.

'이게 어떻게?...'
'몸이 너무 가벼워.'
'이럴수가... 모든 것의 본질이 다 보이고 있어!'
'완벽해. 이런 게 용이구나. 완벽해.'

 한 몸으로 합체된 용신들이 저마다 떠올린 생각이 서로에게 전해진다. 엄청나다!

 "자, 첫번째 비밀을 알았지? 원래대로 돌아올때는 먼저 외운 주문의 끝을 '흩어져라'로 하면 돼. 그럼 원래 모습으로 돌아오렴."
 요정의 말을 따라 합체를 풀자, 흩어진 빛이 각각의 용신으로 돌아온다.

 이번엔 마법서의 한 곳을 펼쳐 읽기 시작하는 요정.
 잠시 마법의 언어인 듯한 몇마디를 중얼거리면, 마법서로부터 반딧불이 한 마리가 튀어나온다!
 꼬리를 빛내며 주변을 춤추듯 맴돌기 시작하는 반딧불이.
 "이 아이를 따라가. 봉인의 장소로 안내해 줄거야. 이로서 두 번째 비밀도 알려줬어. 그럼 난 이만."
 말을 마친 숲의 요정. 순간 빛의 송이로 바뀌어 흩어지더니, 오래된 나무 속에 스며들듯 사라진다.
 밤하늘을 향해 날아오르는 반딧불이. 따뜻하게 깜박이는 반딧불이의 빛을 뒤따라, 용신들도 날아오른다.

*

 잠실 호수공원.
 춤추듯 날아가던 반딧불이. 호수 한복판에 위치한 놀이공원 위에서 연기처럼 사라진다.
 호수 가장자리에 서서 놀이공원을 바라보는 용신들.
 호수 한 복판, 중세 성과 각종 놀이기구가 가득한 풍경.
 전설 속 봉인의 장소라고 해도 전혀 이상할 게 없는, 초현실적인 모습이다.

"여기가 봉인의 장소라고? 봉인은 어디있는데?"
"곧 알게되겠지. 여기로 흑요녀가 올테니까."
 조명이 꺼져 시커멓게 보이는 중세 성을 보며 미래가 말한다.
"이렇게 한다고 별이를 찾을 수 있을까?"
"구룡도사님도, 별이도, 그리고 우리 용신들도 결국 봉인을 지키기위해 존재하잖아. 마찬가지야. 흑요녀도 이 봉인을 열려고 노리는 거야. 분명히 여기로 올 거야."
 미래가 확신에 차서 말한다.
"어차피 흑요녀는 봉인을 찾아 온다. 그때 우리가 나서서 물리치면, 모든 문제는 해결 된다. 깔끔한데?"
 미래를 거드는 루나.
"만약 그렇게 안되면? 그러면 어떻게 되는건데?"
"이제 하나의 용신으로 합체 할 수 있다는거 잊었어? 도대체 뭐가 그렇게 걱정인데?~"
 티격태격 하려는 찰나, 서쪽에서부터 주변이 완전한 암흑 속으로 잠기는 모습. 봉인을 향해 몰려오는 어둠이 보인다.
 순식간에 호수공원의 주변을 완전히 뒤덮는 어둠.
 곧이어 아무것도 없는 암흑 공간에 떠 있는 것 같은 상태가 되버린다. 이제야말로 초현실이 됐다.
"흑요녀가 온다. 자 합체해서 맞이할 준비를 하자!"
 미래의 말에 서로를 마주보며 모이는 용신들.
 손을 잡고 눈을 감은 채 마음 속으로 합체의 주문을 왼다.

'이 세상 모든 기운이여...'

 순간, 그들의 옆으로 모습을 드러내는 온통 검은 차림의 존재. 별이다.
 자세히 보면, 별의 얼굴에 까마귀의 몸을 한, 몬스터가 됐다!
 멈칫거리며 뒤로 물러서는 우주.
 "저건 몬스터야! 빨리 주문을 마쳐야해! 아니면 우리가 당해!"
 우주에게 소리치는 루나. 그러나 우주는 별만 바라보고, 점점 마법 기운을 모으기 시작하는 별. 어쩔 수 없이 주문 외우기를 포기한 용신들이 각자의 마법을 준비하려고 하는데...
 한 발 먼저 마법을 쏴버리는 별.
 엄청난 충격을 정면으로 맞는 용신들이 한바탕 땅바닥에 내동댕이 쳐진다.
 "미안해. 도저히 난 못하겠어..."
 쓰러진 채로 중얼거리는 우주.
 별에게 맞서기 위해 용신들이 다시 일어서면, 더 강력한 마법이 작렬한다...

6장. 몬스터 시티

던전의 통로를 거침없이 달리는 용사.
 금발머리. 검붉은 청동 갑옷을 입고, 한 손엔 검푸른 마기가 흘러나오는 시미타를 들었다.
 우주에겐 너무나 익숙한, 자기 캐릭터의 게임의 플레이 장면이다. 상황이 너무 생생해서 꿈인지 생신지 구분이 안가지만, 뭐 어때. 일단은 눈에 보이는 이 게임에 푹 빠져서 다른 건 생각할 겨를이 없다.
 중간중간 나타나는 고블린과 좀비를 해치우면, 상큼한 소리와함께 주변으로 흩어지는 보상. 던전의 몬스터들을 해치울수록, 화면의 위쪽에 표시된 경험치 게이지가 차오른다.

"그만 하고 나와서 밥먹어!"

아빠의 목소리.
 뒤돌아 대답하려는 찰나, 비밀통로를 발견하고 마른침을 삼키는 우주. 통로로 들어서면, 멀지 않은 곳에 푸른 빛을 발하고있는 몬스터의 모습이 보인다.
 사파이어 드래곤. 잡을경우 보상으로 특 A급 무기, '태고의 검'을 받을 수 있는 희귀 몬스터다.

"밥 식는다! 빨리 나와!"

미안한데, 밥은 이제 어떻게되든 상관없다.

다른 곳으로 이동 중인 몬스터를 눈치채지 못하게 쫓아가며 공격할 타이밍을 계산하는 우주.
 그러나 빈틈없이 단단한 비늘로 둘러싸인 모습에 섣불리 행동하기가 꺼려진다.

"셋 셀동안 안나오면 들어간다!"

목소리에 더욱 강한 의지가 담겼다.
 아빠가 들어오면 모든 게 끝날거라는 직감이 든 우주. 마침내 몬스터를 향해 달려나간다.
 몬스터가 돌아보기 직전. 첫 번째 공격을 성공시키는 우주. 역시나... 비늘에 닿은 시미타가 튕겨나갈 뿐 공격이 효과가 없는 걸 발견한다. 곧바로 이어지는 반격을 정통으로 맞으면, 생명치가 순식간에 절반으로 줄어든다.

"하나... 둘..."

결연히 숫자를 세기 시작하는 소리.
 눈앞의 몬스터는 다음번 공격을 예고하듯, 점점 빠른 템포로 씩씩대며 코로부터 시퍼런 마기를 뿜어낸다.
 공격해야 하는데... 문득, 몬스터의 아래쪽에 드러난 발의 존재를 깨닫는 우주. 바위같이 단단해 보이지만, 자세히 보면 비늘에 갈라진 틈이 보인다.
 '약점을 찾았다!'
 머릿속이 환해지며 몬스터에 대한 마지막 일격을 결정한

다.

"셋! 들어간다!"

외치는 순간,
자세를 낮춰 바닥으로 미끄러지며 몬스터의 발을 공격하는 우주. 엄청난 빛이 폭죽처럼 터져나감과 동시에 몬스터가 쓰러지며 사라진다!
짤랑대는 소리와 함께 쏟아져 내리는 금화 더미와 태고의 검. 캐릭터의 머리 위로 'Level Up!' 메시지가 표시된다.
기뻐 환호하는 우주. 태고의 검을 먹으러 다가가는데...

'우주야... 일어나!...'

어디선가 들려오는 목소리. 들어본 기억이 있는데... 다시 태고의 검 쪽을 보면, 과연 특 A급 아이템 다운 엄청난 포스가 주위에 흐른다.
'저 검만 있으면, 최고 레벨의 힘을 가질 수 있어...'
악마에게 홀린듯, 검 쪽을 향해 다가가는 우주.

'유혹에 넘어가면 안돼 우주야...'

이 목소리는... 별이다!
기억이 되돌아온 우주. 소리가 들려오는 쪽을 돌아보면, 공간 저편에 닫혀있는 문이 보인다.

다가가서 문을 열면, 갑자기 모든 것이 무너져 내리기 시작한다...

*

깨어나는 우주.
호수공원 근처에 쓰러져 있던, 자신이다.
머리 맡에서 쳐다보고 있는 시선을 느끼고 돌아보면... 별이다!!
잠깐, 뭔가... 사람이 아닌, 희미한 유령같은 상태다.
깜짝 놀라 몸을 일으키는 우주.
"다른 용신들부터 깨워야해..."
별의 말에 주위를 돌아보는 우주. 정신을 잃고 바닥에 쓰러져있는 다른 용신들이 보인다. 마법을 써서 한 번에 모든 용신들을 깨우면, 다들 정신을 차리려고 애쓴다.
"지금 너희 주변 봐봐.."
별이 가리키는 손길을 향해 시선을 돌리는 용신들.
놀이기구들은 처참하게 부서져 있고, 놀이공원 건물 위에는 생전 처음 보는 몬스터들이 올라탄 채 마기를 뿜어대는 모습. 심지어 무리지어 하늘을 날아다니는 생전 처음보는 몬스터도 보인다.
"설마 이건... 봉인이 열렸어?!"
기겁하는 루나에게 별이 말없이 고개를 끄덕인다.

별의 흐릿한 형체를 향해서 손을 뻗어보는 우주.
역시나, 손이 허공을 통과할 뿐이다.
"...넌 왜그래?"
"봉인을 여는데 나를 써버려서 더이상 세상에 존재할 수 없게 되었어... 하지만 영원의 보석의 힘을 빌려 너희에게 돌아올 수 있었어."
별이 목걸이에 달린 보라빛 보석을 들어 보인다.
"이제 곧 날이 밝아... 그 전에 너희가 요괴의 왕을 물리치기만 한다면, 봉인 밖으로 풀려 나온 모든 몬스터들은 원래 있던 곳으로 돌아가게 될거야. 서둘러... 호랑이 모습을 한 몬스터를 찾아가..."
계속 흐릿해지던 별의 모습이 마침내 완전히 시야에서 사라진다.
"안돼!~"
허공을 향해 소리지르는 우주. 눈물을 흘리고 있다.
고개를 숙인 채 별을 애도하는 용신들.
모든것이 멈춘 듯한 침묵 속. 전설 속 몬스터들이 주변을 떠돌아다니는 비현실적인 풍경만이 흐른다.

"사랑이라는 건 나랑은 상관 없는 줄 알았어... 그런데 이제, 알것 같아..."
우주가 중얼거린다.
"내 상상이 눈앞에서 이루어 졌어. 난, 지금 죽어도 좋아."
루나다.
"복수를 해야 한다고 생각했는데, 내게 필요했던 건 용서

였어. 난 그것 만으로 충분해."
미래가 말한다.
"태어나서 처음으로 어디에 속해있다는 느낌을 너희에게 받았어. 그래서 고맙다."
용기가 모두에게 고개 숙여 인사한다.
"그럼 이제 우리의 세상을 지키러 가자!"
우주의 말을 끝으로 손을 가운데로 모으는 용신들.
눈을 감은 채, 합체 주문을 외우기 시작한다.

'이 세상 모든 기운이여, 하나의 용신으로 뭉쳐라...'

마침과 동시에 몸에서 빛을 뿜어내는 모습.
어느 순간, 눈부신 빛줄기로 변해 하나로 모여들며 소용돌이 치더니... 폭죽이 터지듯 터진다!
그리고 모습을 드러내는 건... 날카로운 발톱이 박힌 튼튼한 두 다리. 번쩍거리는 푸른 빛 비늘로 덮힌 몸통의,
드래곤이다!
용맹한 용의 얼굴을 빛내며 우뚝 제자리에 선 모습.
이것이 합체된 하나의 용신이다!

*

하늘 높이 날아오르는 용신.

그 모습을 본 주변 몬스터들이 자리를 피하듯 다른 곳으로 도망간다.
 원하는 높이에 도달해 주위를 살피는 용신. 남산타워쪽에서 뿜어져나오는 강력한 검은 기운을 발견하고, 그 방향을 향해 쏜살같이 날아간다.

 남산타워.
 송신탑 꼭대기를 한쪽 팔로 휘감은 채, 서울의 밤 거리를 내려다 보는 반인반수의 몬스터.
 전설 속, 용맹한 장군이었을 인간의 몸에 호랑이의 머리를 한 모습. 바로, 요괴의 왕이다.

 자신을 향해 날아오는 용신을 발견한 요괴왕. 하늘로 붕 떠오르더니 한쪽 손에 들고있던 삼지창을 붕붕 소리나게 돌리며 맞이할 준비를 한다.
 어느 순간, 용신을 향해서 삼지창을 겨눠 던지는 요괴왕. 쏜살같이 날아드는 삼지창을 꼬리로 쳐내면, 튕겨 날아간 창에 부딪힌 건물들이 부서진다.
 저렇게 되면, 인간계에서 흔적도 없이 사라지게된다... 이러면 인간들의 피해는 불 보듯 뻔하다. 아니, 봉인이 열렸으니, 이제 몬스터의 세상이기도 한건가?
 어쨌든 날이 밝기전에 봉인을 원래대로 해놓지 못한다면, 되돌이킬 수 없다...

 다음순간, 발톱을 날카롭게 세우고 요괴왕을 향해 달려드는 용신. 요괴왕과 공중에서 엉키며 엎치락뒤치락 싸움을 벌인다. 그야말로 용과 호랑이가 싸움을 벌이는 모습.
 용호상박이다!
 용신의 목 뒤쪽을 잡더니 땅바닥을 향해 매치는 요괴왕. 아찔하게 내던져진 용신의 몸이 서울역 앞 광장에 처박힌다. 엄청난 힘이다...

 '이대로는 안되겠어. 약점을 찾아!'
 일행에게 보내는 우주의 생각.
 '찾는대로, 한꺼번에 쏟아붓자.'
 미래가 자신의 생각을 보내고, 다시 몸을 일으키려 하는 용신. 갑자기 몸 전체를 검은 마력의 밧줄이 휘감아들더니 옭아매기 시작한다.
 움직이려 할수록 조여드는 마법 올가미에 꼼짝 못하게 된 용신. 겨우 고개만 돌려 주위를 살피면, 한쪽 구석에서 마법을 쓰고있는... 흑요녀가 보인다.
 완전히 되찾은 원래 모습은... 검은색 망토를 두른 전설 속 주술사의 모습이다. 시선이 마주친 용신에게 미소를 지어 보이는데... 소름끼치는 저주가 담겼다!

 바닥에 떨어져있던 삼지창을 주워들고 다가오는 요괴왕. 얽어맨 마법 올가미를 입으로 잡아 뜯고있는 용신, 풀려나기 위해서 결사적으로 몸부림 치는데...
 바로 앞에 선 요괴왕. 심장을 겨눈 채 삼지창을 치켜든다.
 그때. 어디선가 갑자기 나타난 빛나는 형체!

흑요녀를 향해 돌진하면, 미처 대응하지 못하고 형체와 부딪히는 흑요녀. 형체가 별임을 확인하고, 놀라 뒤로 물러서는데...

 달려들어 흑요녀를 껴안는 별. 그대로 최후의 마법을 쓰면, 눈부신 빛줄기가 터지듯 폭발하고... 다음 순간, 흑요녀와 함께 흔적도 없이 사라진다.

 용신을 막 찌르려던 찰나, 빛의 폭발 때문에 눈이 안보이는 듯 손으로 눈을 가린 채 주춤거리는 요괴왕.

 '지금이야! 모두 마력을 모아!'

 생각을 외치는 우주. 모든 용신들이 마력을 한 곳으로 모으기 시작한다.

 곧이어 터질듯 부풀어 오른 몸으로부터 입을 거쳐 격렬한 마법 화염이 요괴왕을 향해 쏟아진다!

 뒤늦게 막아보려 하지만 이미 소용없다. 엄청난 마력을 버티지 못하고 스러지는 요괴왕. 그 자리에, 시커멓게 입을 벌린 소용돌이가 생겨난다.

 봉인의 입구가 다시 열렸다!

 이윽고 암흑의 기운을 내뿜으며 온 세상을 집어삼킬 듯 휘몰아치는 거대한 소용돌이. 인간세상으로 빠져나온 모든 몬스터들이 다시 봉인 안으로 빨려들어간다.

 동시에 거꾸로 되돌리기를 하는 것처럼, 회복되어가는 주변 풍경.

 용신들이 합체를 푼 각자의 모습으로 이 광경을 지켜본다.

 어느새 모든 몬스터들이 다 들어간 듯, 봉인이 닫혀 사라지면, 주변의 모습도 원래대로 돌아왔다.

희미하게 밝아지는, 동트기 직전의 순간.
 갑자기 지진이 난 듯 흔들리기 시작하는 땅. 동시에 닫혔던 봉인이 다시 틈새를 열기 시작한다. 제일 먼저 순식간에 빠져나가는 검은 기운. 깜짝 놀란 용신들이 마법의 힘으로 봉인을 틀어막는다.
 뒤따라 튀어나오려는 몬스터로 부풀어 오르는 봉인의 입구. 점점 모여들며 밀어내는 힘도 강해지는데... 용신들이 마법을 최대치로 쏟아부으며 막아선다.

 '동이 튼 이후 마법을 사용하면, 끔찍한 고통과 함께 불타 사라지게되느니라.'

 도사님의 말이 떠오른다. 하지만 지금 봉인이 열리면 세상은 멸망한다.
 "우리도 점점 사라지고 있어!"
 문득 자신의 몸이 희미해져 가는걸 눈치챈 용기가 말한다.
 "마법을 멈출수는 없어... 다른 방법 뭐 생각나는 사람 없어?!"
 어떻게 할 수 없다는 걸 확인한 루나. 타는듯한 고통이 시작되며 비명을 지르는데...
 "이렇게 끝인 건가? 이럴 줄 알았으면 봉인 막는 법을 물어보는 거였어..."
 한숨을 내쉬는 미래.
 "그래도 기분 좋은데! 우리가 세상을 구했잖아악!!~"
 우주도 말 끝이 비명으로 바뀐다.

마지막까지 봉인을 막으며 동트는 빛에 의해 영혼의 끝까지 태워지는 용신들.

원래의 멀쩡한 상태로 되돌아온 거리. 봉인의 입구도, 용신들도 사라지고 없는, 아침이 왔다.

마침내, 잿빛 도시에 한줄기 빛을 비추는 태양이 떠오른다.

7장. 판타스틱

정신을 차리는 우주.
 자신의 방 침대 위다. 서둘러 핸드폰부터 찾아 켜보면, 모든 이상한 일이 벌어진, 다음 날이다...
 한동안 멍 한채 방 천장을 쳐다본다.
 용신으로 했었던 모든 일들. 요괴왕을 물리친 것. 그리고 마지막 동이 트는 걸 다 함께 바라보던 기억까지... 전부 생생하게 떠오른다.
 혹시 이 상황이 꿈이 아닌지 확인하려는 듯 자신의 볼을 꼬집는 우주. 곧바로 타는 듯한 통증을 느끼며 자리에서 벌떡 일어난다. 살아있다!
 창문으로 비춰드는 아침 햇살이 눈부시다.

 밖으로 나온 우주. 피자가게 안쪽을 조심스럽게 살핀다.
 유리창 너머 얼핏 보이는 주방 안 모습. 분주히 오픈 준비에 한창인... 아빠의 모습이 있다!
 안도의 한숨을 내쉬는 우주. 모든것이 원래대로 돌아온 것 같다. 어떻게 된 건지는 모르겠지만, 천만다행이다.
 아무일 없는것처럼 가게 문을 벌컥열고 들어가면, 그 소리에 아빠가 흘깃 쳐다본다.
 "웬일로 아침부터 나왔네~ 난 너 이제 안나올 줄 알았어? 그래도 돈은 필요한... 어억! 뭐,뭐야!"
 다가와 갑자기 껴안는 우주에게 아빠가 기겁을 한다.
 목덜미에서 풍기는 옅은 비누냄새. 껴안은 팔을 통해 전해져오는 포동포동한 살집. 마치 이 세상을 다 가진것 같은 기분이 드는 우주. 이대로 아빠와 손을 맞잡고 함께 춤이라도 추고 싶은 심정이지만, 여기서 자제하기로 한다.
"아빠, 뭐 도와줄일 없어?"
 눈을 초롱초롱 바라보며 말하는 우주. 이건 역사적으로 처음 보는 말과 태도다.
 잠시 충격받은 듯이 머뭇거리던 아빠. 문 옆의 청소도구를 가리킨다.
 콧노래까지 흥얼대며 바닥청소를 시작하는 우주.
 뭔가 물어볼 듯 다가가던 아빠가 고개를 절래절래 흔들며 원래 하던 일로 돌아간다.

*

 눈부신 햇살에 눈을 뜨는 용기.
 공실의 침낭 안. 원래의 자리로 돌아왔다.
 이게 도대체 어떻게 된 건지... 잠시 멍한 채 그대로 누워 있다.

 상가 화장실.
 세면대 거울을 바라보며 머리손질 중인 용기. 말끔한 정장으로 갈아입었다.
 일어나면 옷을 갈아입고, 건물 화장실에서 출근 준비를 마친다. 가만... 생각해 보니 벌써 여기가 훌륭한 집인데? 처음으로 내가 존재하는 지금 이 순간의 기분이 좋다. 분명히 뭔가가 변했다. 더 좋은 쪽으로.

 건물 밖으로 나온 용기.
 이제 막 출근하는 사람들로 명동 거리에 활기가 시작되는 중이다.
 길 한 복판에 선 채 머리 위 하늘을 바라보는 용기. 눈을 감고 숨을 깊이 들이마시며 이 여름의 아침을 만끽한다.
 용기에게 아랑곳 하지 않고 갈길을 가는 무심한 행인들. 갑자기 누군가의 시선을 느낀 용기가 주변을 둘러보기 시작하는데,
 조금 떨어진 곳 한쪽에 서 있는 미래의 모습이 보인다.
 눈이 마주치자 미소짓는 미래.
 "어?! 너가 어떻게 여길?"
 "꿈인지 생신지 확인하고 싶어서 왔지."
 미래의 말을 듣고 환하게 웃는 용기. 그렇게 마주 선 채로 웃으며 서로를 바라본다.

*

 정신이 드는 루나. 직원 휴게실이다.
 서둘러 창고 안으로 가보면, 컨베이어 벨트 사이로 교대 직원들이 근무중인 모습. 어떻게 된 일인지 출입카드에 퇴

근 기록까지 정상적으로 찍혀있다.
 모든게 졸면서 꾼 꿈이었다니... 허탈한 심정으로 냉동창고를 나서는 루나. 집을 향해 출발한다.

 돌아가는 길도 똑같다.
 코를 틀어막은 채 악취가 나는 길을 달려야 한다.
 오늘따라 힘들어서 엄두가 나지 않는데,
 '잠깐만, 혹시 내가 마법을 쓸 수 있지 않을까?'
 문득 떠오른 생각. 눈을 감은 채, 꿈 속에서 했던 것처럼 정신을 집중해보는 루나. 눈을 살며시 떠 보면...

 나무처럼 무성한, 통신용 안테나의 모습.
 여기는 여의도의 한 고층 건물 옥상이다.
 방수페인트의 초록빛으로 칠해진, 너른 옥상 한쪽에 자리잡고 앉아있는 루나. 마법으로 날아서 여기에 왔다.
 노트북의 화면을 응시하며 열심히 자판을 두드리는 루나. 쓰던 글에 마침표를 찍은 후 저장하고, 웹소설 사이트에 등록을 마친다.
 마법을 쓸 수 있다는 사실을 알게된 순간, 잠자는 대신 이곳을 찾아와서 작업을 했다. 이제 더 이상 어디서 작업을 해야하나 걱정할 일은 끝났다. 작업도 잘 되서 써야 할 분량을 평소보다 더 수월하게 해냈고.
 그나저나 내가 겪은 그 모든 일이 진짜였다니...
 훤히 내려다 보이는 서울 경치를 감상하는 루나.
 얼굴에 만족스러운 미소를 띠운다.

*

"별이가 누구야?"
멍하니 창밖을 보고있던 우주의 상념을 깨는 아빠.
언제 주문이 들어왔었는지, 손에는 포장된 피자 박스를 들고 서있다.
"모, 몰라요. 왜요?"
허를 찔린 사람처럼 얼굴이 빨개진 채로 허둥대는 우주.
"왜 그렇게 놀래~ 별이는 널 아는데? 아니근데, 지네동네에서 피자를 시키지 왜 이렇게 먼데서 시켜? 아무튼 강 건너 성수동에 있는 연예기획사야. 조심해서 갔다와라~"
평소와 달리 안절부절 못하는 우주를 이상하게 쳐다보는 아빠.
"헬멧 안쓰냐?"
그냥 나가려는 우주에게 소리치면, 화들짝 놀라 헬멧을 챙겨 튀어나가는 우주. 아빠가 씨익 웃는다.
"보아하니 연애질을 시작하셧구먼~ 그래, 좋을 때다~"

연예기획사 앞에 도착하는 우주.
주변에 서 있는 한 무리 사생팬들이 피자배달인 걸 확인하고 실망한 표정을 짓는다.
건물에 붙어있는 기획사의 간판을 바라보며, 별이 했던 꿈이야기를 떠올리는 우주. 오늘 아침에 바로 여기로 왔던 게 틀림없다. 엄청난 실행력이다!
 이제 별은 새로운 삶을 시작하고 있는 거다. 자신의 꿈을 쫓아서.

 방음처리된 두꺼운 문이 슬그머니 열린다.
 틈 새로 빼꼼히 고개를 내밀어 안쪽 상황을 살피는 우주.
 한쪽 면이 전부 거울인 연습실. 빠른 템포의 음악에 맞춰 한 무리 댄서들과 함께 안무 연습에 한창인... 별이 보인다.
 이럴수가 이게 도대체... 벌써??

"그렇지! 바로 그거야!"

 곡이 끝나자마자 박수를 치며 외치는 소리. 돌아서서 고개 숙여 인사하던 별이 우주를 발견하고 미소짓는다.
 그 시선을 따라가던 프로듀서가 우주를 알아본다.
 "어, 피자 왔다! 첫 날부터 너무 열심히 하면 탈나, 일단 먹고 하자!"
 내려놓은 피자를 향해 달려드는 프로듀서와 댄서들.
 별이 우주에게 다가가서 덥썩 팔짱을 낀다.
 "오빠, 전 친구랑 밥먹고 올게요~"
 "뭐야, 니네 둘이 친구였어? 어때 얘들아, 보내줄까 안보내줄까?"
 댄서들을 바라보며 프로듀서가 장난스럽게 묻는다.
 "그거야 우리 친구하기에 달렸죠?"

댄서 한 명이 노트북 쪽으로 가더니, 웬 노래를 틀어놓는다.
 생전 처음 들어보는 외국노래. 심지어 리듬이... 인도 풍이다. 사악한 미소를 씨익 지으며 우주에게 춤을 추라는 손짓을 하는 댄서들.
 당황한 우주가 별을 쳐다보면, 별이 제자리에서 춤을 추기 시작하며 일행의 앞 쪽을 향해 나간다.
 자리를 잡으면, 손짓으로 우주를 부르는 별.
 댄서들이 재밌다는 듯 박자에 맞춰 박수를 치기 시작하는데...
 식은땀을 흘리는 우주.
 마침내 눈을 질끈 감고 별을 향해 한 걸음을 내 딛는다.

*

 지난 일주일 간, 우주의 일상은 완전히 달라졌다.
 배달 일을 관두고 연예기획사에서 잔심부름을 하고 있다.
 별의 곁에 있고싶어서 매일 나왔더니, 기획사 사장인 프로듀서가 일좀 돕지 않을려냐고 먼저 제안했다. 그렇게 별이네 기획사로 출퇴근을 한다.
 연습실 안까지 팬들이 못들어오게 끊어주는 일이 주업무다. 연습생인데 뭔 팬이냐고? 이 기획사의 연습생은 데뷔한 거나 다름이 없기에 팬들이 붙는다. 별이도 마찬가지다.

아침에 별이 집 앞에서 만나서 기획사로 갔다가, 저녁 늦게 일과가 끝나면 데려다 주고 집으로 돌아오는 생활. 옆에서 별이를 지켜보는 것 만으로도 행복하다. 하루하루 꿈속을 노니는 기분이다. 그날 이후로 게임을 안하는데, 신기하게 하고싶지가 않다.

 별의 생활에도 많은 변화가 있었다.
 그중 하나가 새 집으로 이사한 것. 한강이 내려다보이는, 널찍한 아파트다.
 도사님의 뒤를 이어 용신들을 지키는 역할을 맡게 된 별. 고물상을 대신할 장소로 이 집을 선택했다.
 알다시피 특별한 영능력의 소유자인 별. 용기의 생각을 읽고 이런 위치와 장소의 집을 알게됐는데, 어쩌다 보니 이 집을 살 기회가 닿았다. 용신들을 위한 장소이기도 하니, 이것도 그들의 운명이 만들어 낸 결과일 것이다.
 별은 그동안 고물상의 울타리 안에서의 수행자 생활을 했다는 걸 전혀 상상할 수 없을 정도로 모든게 자연스럽다.
 아마 한 달에 한 번 했었다는 그 외출시간의 힘이 컸던 것 같다.
 오늘 저녁이 별이의 집들이 날이다. 그날 이후, 처음으로 용신들이 모두 한 자리에 모이는 날이기도 하다.

 "너집처럼 편하게 생각해~"
 앞장서 들어가는 별. 먼저 와서 쇼핑해온 재료로 저녁식사를 준비중인 루나, 미래, 용기가 이들을 맞이한다.

고물상에서의 기억이 되살아나며 그때로 되돌아간 듯한 착각이 드는 상황. 이번이 그들의 세 번째 모임인 셈이다.

이사한지 몇일 되지도 않았을 텐데, 집은 모든 걸 갖춘 모습이다. 옷은 도복만 입고, 가구라곤 책상과 침대, 의자 뿐인 고물상 라이프에서 한 평생을 보낸 수련 토백이라는 건 상상조차도 할 수 없는 살림 센스가 엿보인다. 심지어 식탁조차 레이지 수잔이라 불리우는 중국풍의 원형 회전 식탁인 상황. 이거야말로 별의 미스터리다.

샹들리에 조명아래 푸짐하게 차려진 저녁식사.
접시엔 각자의 취향에 따라 중국식 볶음밥이나 파스타가 담겨있고, 가운데 회전 테이블 위로는 탕수육, 가지볶음, 셀러드와 딤섬들로 푸짐하다.
전부 전자레인지에 돌리거나, 가볍게 데우는 정도를 했을 뿐인 마트용 간편식들이다.
이들로 풍족한 저녁을 차릴 수 있었던건, 미래의 능력이 컸다. 여행과 외식을 위해 사는 미래. 항상 외식과 간편식을 즐기기에 간편식으로 저녁 만찬 차리기가 가능한 정도다.
이제 스무살인 이들 중에서 요리를 할 줄 아는 사람은 아무도 없다. 다들 요리를 배운적도, 해 본 적도 없다.
그나마 제대로 된 부엌이 있는 집에 살았던건 우주 뿐인데, 컵라면에 물붓기 정도만 하고 살았다.
식사를 시작하는 용신 일행. 다들 행복에 얼굴을 빛내며 음식을 먹는다.

"하~ 진짜 일주일 만에 포식하네... 언제까지 두 끼 먹고 살아야 돼나~"
 다 먹은 접시를 바라보며 중얼거리는 용기.
"하루에 두 끼나 먹어? 난 하루 한 끼도 먹을까말까. 야, 요즘 왜케 알바구하기가 어렵냐? 일을 구해야 밥을 얻어먹는데~"
 미래가 말을 받는다. 사귀는 사이라서 그런지 시덥잖은 말을 주고받으며 재밌어 죽는다.
 겉으로 봐선 잘 모르지만, 이전과는 완전히 다른 삶을 살고있는 용신들. 이유엔 든든한 마법능력도 있겠지만, 무엇보다 이들의 가슴 속에 자리잡은 세상을 지켜냈다는 자신감 때문이다.

"나 궁금한게 있어. 우리가 봉인을 지키는 용신이잖아, 우리가 죽으면 용신은 누가 되는거야?"
 기가막힌 루나의 질문에 용신들이 맞장구 치듯 고개를 끄덕거린다. 결국 이들의 관심은 용신으로서의 삶과, 앞으로 벌어질 상황에 있다. 오늘 이 자리에 모인 것도, 그 모든 기억과 능력을 갖고 앞으로 어떻게 이 세상을 살아야 할지에 대한 의문 때문인 것이다.
 그리고, 이 모든 일의 중심에 별이 있다.
"너희가 죽는 날, 일곱 번째 생일을 맞이하는 아이 중에서 결정되지."

"잠깐. 그말은, 우리가 생일이 같다는 말인데? 너 생일... 아니 말하지말아봐. 종이하고 펜 있어?"

'2004년 2월 2일'

 쪽지에 적힌 똑같은 날짜. 사색이 된 표정들을 보며 별 혼자만 재밌다는 듯 킥킥댄다.
 "무섭다... 그런데 말야. 설마, 앞으로 남은 우리생에 봉인이 또 열리진 않겠지?"
 별에게 모이는 시선. 별이 뭔가를 말하려고 입을 여는데,

'띵동~!'

 갑자기 울리는 초인종 소리. 별이 모르겠다는 표정을 짓는다. 올 사람도 없고, 배달을 시킨적도 없다.
 누가 왔는지 확인하러 간다.
 "얘들아, 이쪽으로 좀 와볼래?"
 별의 말에 가보면, 인터폰 스크린 위로 웬 군용 베레모를 쓴 외국인 여자가 서있다. 또 다시 초인종을 누르는 외국인.
 "헬... 로우?"
 미래가 수화기를 들었다. 하와이를 가려고 영어를 공부했었다고 자기가 나섰다.

 외국인과 식탁을 사이에 둔 채 침묵에 빠진 일행.

그녀의 이름은 사라. 미국 연방우주국 특수작전부서의 요원이다.
 꺼내놓은 핸드폰 크기의 통역기가 그녀의 모든 이야기를 한국어로 번역해 주고, 일행의 질문을 영어로 번역해서 그녀에게 말해준다. 그래서 의사소통에 전혀 문제는 없었다.
 문제는 대화의 내용이다.
 용신들의 정체를 알고있는 사라. 증거로 이들이 일 주일 전에 벌인 새벽의 결전 장면을 보여줬다. 야간 투시경으로 찍은 것 같은, 명암과 형태 구분만 가능한 정도의 영상이었지만, 그때의 그 초현실적인 정황이 정확히 담겨있었다.
 영능력 기운을 촬영가능한 장비로 군사 위성을 동원해 촬영했다고 했다.
 우주에서 벌어지는 초현실적 상황에 대응하는 게 그녀의 업무. X파일을 봤냐고 물어봤는데, 뭔지 아는 사람이 일행 중에는 없었다.
 달에 몬스터가 있는 것 같다고 했다. 일주일 전, 용신들이 해치운 것과 같은 종류의.
 문제 해결을 위해 지구에서의 비슷한 활동을 감시해 오던 중, 용신과 몬스터들의 상황을 포착해 낸 것이다. 직후 일주일간 용신들의 일거수 일투족을 감시했고, 오늘 한 자리에 모인다는 정보를 입수하고 찾아왔다고 했다.
 지금 자신과 같이 가줘야겠다고 하는 사라. 달에 나타났다는 몬스터에 대응할 존재가 이들 뿐이라고 한다.

 이제 막 새로운 삶을 시작했는데, 또 몬스터들에게 죽게 생겼다. 심지어 가야할 곳이 달이라니... 도대체 뭐가 어떻게 될지 알수가 없다.

그나마 다행인 건, 대략 일주일 안에 돌아 올 수 있다는 대답. 이 일주일에 대한 변명은 자신들이 알아서 잘 설명해 줄 테니 이곳에서의 뒷일은 걱정말라고 한다.

"...xx."
"갈수록 태산이네."
"이번 일에서 살아돌아오면, 다음 번은 화성으로 가라고 하는거 아냐?"
"난 좋아. 재밌을것 같은데? 우리가 언제 달 구경을 가보겠어~"
역시 루나가 제일 긍정적인 건 변함이 없다.
"이 일을 할 수 있는 사람은 결국 우리들 뿐이야. 신으로부터 임무를 부여받은 존재라고. 사명감을 갖고 다녀오자."
앞에 나서서 설득하는 별. 그리곤 먼저 손을 앞으로 내 놓는다.
머뭇거리던 일행이 한 명씩 자신의 손을 보탠다.
"인류의 안녕을 위하여!"
"위하여!!!"
옆에서 통역기로 대화를 듣던 사라. 이 광경을 지켜보며 만족스러운 표정으로 고개를 끄덕인다.

작가의 말

 새 건물과 아파트가 들어서는 도시를 보며,
 어렵고 힘든 처지인 사람들은 살 자리가 없어진다고 생각했습니다.
 이제 집을 사려면, 과거에 비해 열 배 스무 배가 넘는 돈이 있어야 하는데, 정작 일자리는 줄고 경쟁은 심해진 현실.
 분명 누군가는 벼랑 끝에 내몰린 채, 춥고 배고픈 처지일 거라는 확신이 옵니다.

 현실에서는 절.대.로. 이뤄질 수 없는, 진정으로 판타스틱한 스토리를 만들고 싶어서 이 이야기를 시작했습니다.
 배경은 우리가 현재 살고있는 세상이지만,
 온갖 몬스터들이 돌아다니는 세상. 마법을 부리는 주인공이 몬스터와 싸워 세상을 구하는 이야기.
 그러다 보니 장르는 판타지가 됐습니다.

 전설 속, 세상을 멸망시킨 주술사가 부활해서, 사악한 주술로 만들어 낸 몬스터들을 이 땅에 풀어놓는 상황을 떠올렸습니다.
 주인공은 부모도 없고, 못 배우고, 가진 것 없는. 이제 막 스무 살이 된 네 명의 부랑아들입니다.
 이번 생에선 죽었다 깨도 발붙이고 살 수 없는 처지의 이들은, 몬스터와 싸워 세상을 지킬 유일한 희망입니다.

기겁할 몬스터들이 판치게 된 세상. 과연 다시 평화를 되찾을 수 있을까요?
 몬스터 시티로의 모험을 출발합니다!

2024년 1월
메르시

스위밍풀 판타지 소설
몬스터 시티
© 메르시 2024

1판 1쇄 2024년 2월 2일

지은이 메르시
펴낸이 금세혁
디자인 사우르스
제작처 태산 인디고
펴낸곳 스위밍풀

출판등록 제2023-000036호
이메일 amag100@naver.com

ISBN 979-11-983335-0-6 (03810)

* 이 책의 판권은 지은이와 스위밍풀에 있습니다. 이 책 내용의 전부 또는 일부를 재사용하려면 반드시 양측의 서면 동의를 받아야 합니다.